做公益也能賺錢

Makes the public welfare also to make money

青年創業與中年轉業的新選擇

身為青年人要具備什麼能力？創業需要做什麼準備？一般大眾對公益事業的迷思是什麼？本書作者余志海與名作家褚士瑩，兩人都在公益領域耕耘多年。他們和大家聊聊自己獨到的觀點，讓你感受，想要達成目標，有個因素比起其他特質都更不能缺乏，那就是「熱情」！

1. 覺得現今的青年人最缺乏的觀念或行為是什麼？

余志海：我覺得現在的青年人挺好的，什麼都不缺，只要中年人和老年人不要給他們太多條條框框就很好。

褚士瑩：如果說現在的青年人真的少了點甚麼，我覺得或許少了些同理心，一種試著從別人的角度去想事情的能力，現代少子化的時代，青年人比較像海膽，用放射狀的利針將柔軟的自我包裹起來，少了人與人之間很近身的接觸，容易用自己隨意的想像來評斷海膽外面的世界。

2. 可以試著比較中國與台灣青年人的差異處嗎？

余志海：接觸不多，無法評價。

褚士瑩：一胎化政策底下長大的中國青年人，因為家庭的資源很集中，因此個人的能力往往比台灣同年齡的青年人強，但是在跟人相處的能力上卻比較弱，或許是因為少了從小到大隨時需要妥協與讓步的成長經驗，但是這就只是像蘋果和橘子間差異，兩種不同的水果，沒有甚麼較好或較差的評斷。

3. 青年人在創業前，有哪些面向是必須先要預備好的？

余志海：創業就像一個人的長途旅行，沒有人告訴你目的地在哪裡，沒有人告訴你下一步該怎麼走，也沒有人幫你安排好食宿和交通。但是，如果放下要達成什麼的焦灼感，途中的一切就會變得非常美妙。還有一點就是：確認你能承受的最大損失是什麼（時間和金錢），在這個損失範圍內的，你就儘管去做吧！當然，如果你想更好地享受這個旅程，你需要一些基本的常識、對你所從事的行業的一定的經驗，但是，最重要的還是要有一顆開放的學習的心。

褚士瑩：我很同意余志海說的，常識——Common Sense足以讓我們走得很遠。如果真的還要加上甚麼的話，我覺得要有財務上面較充分的準備，在經濟上不能因為自己創業的熱情，造成家人朋友的實質金錢負擔，否則就太不負責任了。

4. 遇到挫折時，行為與心理上你如何克服與解決？

余志海：挫折就是你學騎單車時所摔的跤。現實的挫折會顯得更嚴重、更漫長一點，但本質和學騎中的摔跤無異：它不會要了你的命，它總會過去，並且最重要的，不經歷它你就不會真正掌握某種技藝。剩下要做的，就是專注於問題和耐心等待。

褚士瑩：留學生申請國外學校的時候，有兩種類型，一種人是只要有學校就申請，申請了幾十所，也不管自己有沒有興趣，先上了再說，另一種人是除了申請自己真正想念的那一兩所之外，就算上了也不想念的學校，何必白費功夫？如果這兩種人同樣沒被想上的學校錄取，第一種人上了不想念的學校，是否挫折就比較小？

很多人找工作，也是抱著這兩種截然不同的心態，結果前一種人往往做一輩子自己不想做的工作，後一種人則非自己想做的工作不做，外面找不到，就走向創業的路。

也有不少人，連找結婚對象，也抱著同樣的心態。

當然，這兩種類型，都不意味著誰容易成功，或誰又容易失敗，但是後一種人，如果因為誠實忠於自己的生命，就算因此終身學歷不高，事業無成，孤家寡人，卻因為沒有遷就，過得無怨無悔，說不定比前一種功成名就，卻整輩子沒做過一天自己的人更加滿足，也說不定。

我常常提醒自己，挫折本身不是重點，看待挫折的方法，願意為挫折付出的代價有多高，才是真正重要的。

5. 在你的公益工作中，遇過最動人的故事是？

余志海：一個藏族小女孩，我在她的學校教了三天。後來，她在一篇〈我的理想〉的作文中寫道：我長大了想到廣州讀書，週末找余志海哥哥玩。她的老師把這篇作品拍了照片發給我，我收到的那天，剛好是我的生日。

褚士瑩：我在緬甸山區協助設立的有機農場，物質生活條件很差，連當地人都待不住，工頭的妻子在農場生下孩子後，嫌惡劣的環境對嬰兒成長不利，吵著搬回娘家，我跟工頭說：「工作再找就有，但是家庭比什麼都重要，如果你要搬回城市，我完全可以理解，不用擔心農場這邊。」結果工頭想都不想，就毅然選擇留下，老婆因此帶著剛出生的孩子離開，兩年之後的潑水節，孩子稍微大一些，才去娘家接他們回到農場來。

6. 如果要你多背一公斤進入臺北市，你想在背包裡裝什麼？

余志海：一些來自不同地方的小雜物，以及它們的故事，送給好玩的人。

褚士瑩：我會買一公斤來自泰國清邁，一個在德國協助下的工廠製作的牛乳片，分送給每個來參加活動的臺北人吃，提醒在這個世界上，還有很多喝不到牛奶，必須靠著牛乳片來補充鈣質的孩子。

7. 你覺得青年與中年的界限在哪裡？

余志海：完全是一種心態。青年就是覺得你的未來比過去多，而中年剛好相反。

褚士瑩：心態。青年人想著自己未來能做多少事。中年人想著自己未來還能活多久。

8. 所謂中年危機，與度過中年危機，你的觀點是？

余志海：想像自己可以活兩百歲，那麼不管你現在是三十歲還是五十歲，都只是少年而已。

褚士瑩：中年危機往往開始於觀察周圍的同儕，透過比較自己跟別人的成就，並且感受到痛苦的折磨。

當體認到「無論如何，也不願意跟任何人交換我的人生」，這時，中年危機就過去了。

9. 如果你和本書另一位作者謝家駒一樣，在退休後發展新事業，你會想做什麼？

余志海：還沒想過。什麼叫退休？

褚士瑩：現在這代人，除了公務員還有上上個世紀出生的人，應該沒有人知道甚麼叫做退休吧？

10. 覺得現今世界對公益事業最大的迷思是什麼？做公益就不能賺大錢嗎？

余志海：人們不相信公益是一項事業，更不相信是一項根本的事業。它只是茶餘飯後或者江湖退隱後的消遣，不能成為一項認真的工作。

理論上，做公益賺大錢沒有任何問題。但在實際上，從社會理解到實際的執行上，做公益賺大錢都要比做商業賺大錢困難得多。

褚士瑩：賺大錢本身就是最大的迷思。

理解到公益事業就像所有事業相同，有追求經濟效益，效率跟利潤的必要，同時理解到追求利潤的過程中，如果這個事業能用於支援正面的社會意義，可以不需要追求利潤的極大化，追求這個微妙的平衡，比追求賺大錢的公益事業更有價值。

關於 褚士瑩

出生於高雄，在煉油廠裡成長。唸過台灣大學政治系、開羅AUC大學新聞系、哈佛大學甘迺迪學院，已在NGO擔任管理顧問多年。

他在小學三年級時萌生環遊世界的想法，未滿20歲就開始出發，至今從未停止過。如今每年的飛行里程數，可以繞地球6圈，每年的航行里程數，可以繞地球1圈。

他說年輕人給自己一份最好的人生禮物，就是用自己的眼睛和雙腳去認識世界！

在大田出版《世界離你並不遠》、《年輕就開始環遊世界》、《地球人的英語力》與《每天多愛地球一點點》等書。

【推薦序】

坐言起行，去追尋夢想吧！

本書以平實的筆法，流暢地敘述兩個來自不同地方的社會創業家的心路歷程。兩位作者以截然不同的視角，身體力行，去探討人生的意義，最後踏上同樣的道路。兒時的夢想、成長的故事、內心的掙扎，深深地吸引住了讀者。

兩個故事都貫穿作者對人性的熱愛，走在各自的人生路上，他們並未被社會主流意識所同化，他們透過和自己內心的對話，透過與不同階層人物的對話，不斷地尋找點燃生命動力的火，不約而同從參與推動社會創新，從燃亮自己到燃亮別人的過程中，得到無限的滿足。而這心靈上的滿足，使他們更加全心投入推動社會創業家精神（social entrepreneurship）的運動中。

很多人都嚮往自己能生活無虞，然後去幫助別人的狀態。他們不認同當今物慾社會人們用消費來填補內心空虛，然而卻很少人能真正坐言起行，去追尋夢想。余志海和謝家駒就是其中兩位坐言起行的人：從尋夢的第一天，余志海就不斷思索如何更有效地去幫助窮困地區的孩子。他敢於挑戰傳統助學、支教的模式，提出「快樂公益」、「群體協作」的新概念，用資訊科技打造公民社會參與社會改進的公共平台。謝家駒已過不惑之年，早已參透世情，不應有夢。但源於他對社會創業家精神運動的熱忱，他克服自己對組織責任的擔憂，毅然放棄悠哉游哉的退休生活，編寫《社會創業家通訊》雙週刊、創辦「社會創業論壇」、編撰多本關於社會創業精神的中文書，把社會創業概念傳播到華語地區，到處演講，全力推動社會創業的概念。

兩位作者以自己實踐的經驗，結合對現實社會的認知，嘗試從宏觀社會發展進程來描繪社會企業的角色。謝家駒更直指問題的核心——何謂社會進步？GDP的增長是否能代表進步？推動社會進步的最重要力量是什麼？政府、商界、公民社會在社會進步方面又扮演什麼角色？謝家駒在本書中對上述問題有精彩的論述，使讀者明白，社會企業的興起和公民社會的成長是不可逆轉的社會發展趨勢。

面對這樣的新趨勢，你將如何選擇？如何追求美麗人生？余志海有力駁斥

「人生階段論」，明確提出「去追求真正喜歡的生活，不是靠金錢來保證的，靠的是激情和創造力。」這些人生體驗，值得年輕朋友參考。謝家駒則引述大前研一及班福德（Bob Buford）的著作，把中年危機（midlife crisis）轉化成人生下半場的新起點，透過介紹真實的事例，讓讀者感受到真正自由意志所帶來的無限創意和空間。

余志海和謝家駒在初踏上社企路的時候其實並不完全清楚遠景如何，是那股要改變不合理、不公義的熱忱推動著他們，一邊走、一邊想，慢慢地眼前的景象就越來越清晰了。余志海的三年試驗、三十年堅持、三百年任務呼喚著每個人都做一點點，去改變世界。謝家駒遊走於冷漠的大眾和熱心的社會企業人士之間，嘗試找出啟動大眾熱情的鎖鑰。他感悟到只有生命可以改變生命，決定以自己的委身，讓人人皆成為促變者，每一企業皆成為社會企業。

本書深入淺出，在兩段人生故事裡感悟社會創業家精神，實為不可錯過的好書。

Ashoka: Innovators for the Public 中國地區代表　張瑞霖

二〇〇九年九月二十日

Contents

Chapter

01

Makes the
public welfare
also to
make money

揮別過去

我的IT生涯

余志海

我是三十七歲，如果以人生七十年來計算，那麼我現在剛好走到了人生之路的一半。

我今年三十七歲。

如果以人生七十年來計算，那麼我現在剛好走到了人生之路的一半。

如果以從二十三歲大學畢業開始工作，到六十歲退休來計算一個人的職業生涯，那我的職業人生才剛走了三分之一。以人生作比，這只是剛成年。

我尚在半途，而此時正是整裝待發，精進前行的時候。

所以，在此時回顧前半段的人生，特別是近十來年的工作生涯，實在有力不從心的感覺。以我有限的經歷，講不出什麼人生或職場的「大道理」，有的，只是一路過來的一些感受、經驗、困惑，甚至是失敗。不過我相信年輕人也不需要什麼大道理，他們需要的是感同身受，以及在這些相似的環境下，另外一個年輕人是怎樣思考、怎樣抉擇、怎樣行動的。

■十年

簡單介紹一下我的背景。

我在一九七三年出生於廣東恩平的農村，三歲來到廣州，之後一直在廣州上學。我的大學生涯是在華南理工大學度過的，學的專業是無線電工程（也就是電子工程）。一九九六年大學畢業後的十年，我一直在IT行業裡面工作，一直到二〇〇六年全職出來創辦社會企業。

而這十年的職場生涯，又剛好可以分成兩半：頭五年在廣東，後五年在北京。

我的第一份工作是在東莞的虎門大橋工程有限公司，我在裡面負責大橋的通信工程的施工和監理。一九九八年，因為母親病重，我辭職回家照顧臥床的母親，隨後在廣州加入了廣東愛立信工程有限公司，專職專案管理，負責華南地區的電信專案建設及服務。

著名管理學家杜拉克有兩個著名的說法：「把事情做對」和「做對的事情」，前者強調的是工作的效率，後者強調的是工作的策略和方向。對於一個初入職場的年輕人，他首先要學習的無疑是「把事情做對」，也就是如何用正確的方法和流程，產生有效的成果。

工作的頭五年，大致就是學習如何「把事情做對」的階段。

一個年輕人，在找到自己內心的渴望之前，總是希望出人頭地。他判斷成功的標準也很簡單，就是金錢和地位。這其實也無可厚非，因為正是這種動力，使他能夠快速地學習各種工作技能和提升工作效率。職場是一個叢林法則主導的世界，只有學習能力最強的人才能得到最快的升遷和最多的報酬。走在這條路上，未必能讓你發現生命的意義，但至少能學會工作上的十八般武藝，為以後的獨立創業打下良好的基礎。

當然，這種上升總有停滯的時候，特別是當你發現自己的興趣並不在更體面的工作和更高的收入的時候。

二〇〇一年我來到北京，在一家國有的通信公司擔任一個部門的經理。來北京起因於我二〇〇〇年的北京之旅，那次旅行我在北京待了半個月，並且無可救藥地愛上了這個城市。這對於大部分的廣東人來說是不可思議的：北京氣候又乾又冷，飲食又很難讓南方人適應，而且服務態度還非常糟糕。但我唯獨愛上了這個城市的大器，南方的城市總是高樓林立，密密麻麻地沒有呼吸的空間，但在北京卻能看到寬闊的街道和遼闊的藍天，還有數不清的文化活動，這一切都讓習慣了南方文化的我著迷，當時就想找工作留在北京，只是因為時間太緊沒有如願而已。

終於在二〇〇一年六月，經過朋友的介紹，我得到了這樣的一個工作機會，於是便義無反顧地從廣州來到了北京。原本是想在北京大展宏圖的，但沒想到卻是我職業生涯轉變的開始。

一個人如果在一個單純的環境裡生活，那麼他可能會專心地工作賺錢，並把功成名就作為自己的人生目標。可是，如果把他放到一個豐富多元的環境裡，而他恰恰又是一個敏感並且善於思考的人，那麼，他會考慮更多工作以外的可能性也就不足為奇了。

而這一切，恰恰是我到北京之後發生的。

當然，還有一個重要的原因，就是自己快到三十歲了。對人來說，三十歲是一個里程碑。當他臨近這個點的時候，開始會去思考一些更深刻、更長遠的事情。

來北京之前，我偶爾也會為工作煩惱，我以為那只是自己的經驗不足，或者心智不夠成熟所致，哄哄也就把自己騙過去了。到了北京，面對了陌生的環境，我才開始思考：我希望過的是什麼樣的生活？我希望投身的是什麼樣的事業？

對我而言，什麼才是「對的事情」？

我為什麼要選擇ＩＴ行業？這是一個頗為有趣的問題。

習慣的力量

其實答案很簡單，因為我大學修的專業是無線電工程（也就是電子工程），於是，畢業後順理成章地就進了ＩＴ公司。

那為什麼要修無線電專業？是因為我喜歡嗎？

說起來好笑，我在填報大學志願的時候，根本就不知道無線電專業是學什麼的。而對於其他的大部分專業，像化工、食品、建築等等，我同樣不甚了了。之所以選擇了它，是因為它是當年省內錄取分數最高的專業，也就是說，最好的專業。

既然都不知道，那就找一個最好的去讀，總不會錯吧？

有這麼一個故事：妻子每次烤火腿，總是要把火腿切成兩半後再放進烤箱裡烤。丈夫看了很奇怪，明明烤箱夠大，為什麼還要這樣做呢？妻子說：「因為我從小看媽媽烤火腿都是切成兩半再烤的，我也不知道原因是什麼。」終於有一天，丈夫見到丈母娘，問起此事，丈母娘一聽大樂：「因為以前的烤箱

我大學修的專業是無線電工程，於是畢業後
順理成章地進了 IT 公司。

太小，我不把火腿切開就放不進去呀！」

這就是習慣的力量，這個故事放在我身上是再合適不過了。我學了ＩＴ專業，僅僅是因為自己的無知。而這又成了我以後擇業的標準，並且一做就是十年。如果我不去思考的話，這甚至可能成為我終身的職業。

我們的路，大多時候難道不是在重複過去嗎？至於過去為什麼這樣做，又有多少人認真思考過呢？當放棄了自己的思考，我們就往往只能按照別人設計好的道路去走。

但是，要真正思考起來，卻又是如此的困難。

■思考的過程

作為思考的起點，在二〇〇二年的某一天，我寫下了自己的三個理想：

一、自己變得更寬容，更善良，更勇敢；

二、周遊世界，寫一本書，用眼睛和文字記錄這個世界的美好；

三、盡力幫助每一個值得幫助的人。

而到了二〇〇四年，我則寫下這樣的字句：

兩年過去了，我回首自己的理想。我的確比以前更寬容、善良和勇敢了；我去了不少地方，也寫下並出版了一些文章；我還參加並組織了一個志願者活動，幫助有需要的孩子們。

然而，這兩年給我的最大教誨是：必須獻身一個更崇高的理想，為這個世界的美好而非為了自己活下去。這個教誨給了我內心的寧靜和力量，它讓我從平時的瑣碎、偏激、自私和傲慢中慢慢超脫出來，投入一個更廣闊的人生中去。

但是，那個理想是什麼？我還沒有答案。我只知道，從我開始思考的那一刻開始，我在ＩＴ行業的前途就結束了。

儘管那是在我真正離開這個行業的好幾年前。

我的管理顧問之路

謝家駒

1992 年我離開了瑞安集團，創辦了謝家駒管理顧問公司。

大時代、小人物

我的父母是逃避戰亂至港定居的難民。我八歲不到便父母離異，七個兄弟姊妹跟著母親生活，母親靠當包租婆養活全家，常常四處搬遷，我就這樣唸了九間小學，年紀比同年級的孩子來得大，但也打下堅實的中文基礎。小五後我進入一家天主教小學，有附設中學，我也一路唸到高中畢業。中學時期我一樣超齡，功課可以應付得來，便有很多時間博覽群籍，看了許多閒書。並且參加，甚至創辦了多個課外活動組織，可以說是最實際的領導及創業訓練。

一九六六年，我正在讀中三，是一個還算關心時事的學生。這一年，香港出現了戰後第一次的社會動亂。一位年輕人蘇守忠，為了抗議香港政府批准英資的天星碼頭加價五仙，一個人在天星碼頭前示威抗議，很快便吸引了一大批支持者。次日，蘇守忠被拘捕，晚上有上千人在尖沙咀警署門外抗議。第二天，蘇守忠在西區裁判署上庭，被判入獄兩個月。當天晚上，大批群眾上街示威，以後幾天在九龍多處發生群眾聚集、擲石、焚燒汽車等事件。香港政府出動防暴隊鎮壓，並大舉拘捕「滋事」分子。經過幾天戒嚴後，駐港英軍亦奉命參與鎮壓行動。最後三百多人被捕，兩百五十多人被判處數月至兩年不等的監禁。

■社會震撼彈

一九六六年的暴亂是香港社會的一記當頭棒喝。香港政府對此事件異常震驚，並馬上成立了一個調查委員會研究事件爆發的深層原因。在後來發表的報告中，提出多項加強官民溝通、改善民生的建議。對於香港人來說，一九六六年的暴動亦有很大的衝擊。一方面事件反映出一般市民對港英殖民政府長期以來官商勾結、黑箱作業、漠視民意的不滿。另一方面，亦反映出香港社會一九五〇至六〇年代經濟、社會不平衡發展的問題。

一九五〇年代後期到一九六〇年代是香港經濟由出口帶動的起飛期，輕工業初次在香港萌芽，創造了不少就業機會及財富。但隨著一九六〇年代初期大陸人口大量流入香港，社會上也出現了很多前所未有的問題，例如居住環境異常惡劣、醫療衛生措施及服務嚴重不足、教育機會短缺、社會福利跟不上社會需要，再加上失業問題嚴

天星碼頭青年絕食反對加價

反對加價者在香港天星碼頭走廊絕食抗議外衣寫滿標語

（時訊）昨晨八時許，一年約廿七、八歲之青年，穿起一件寫滿反對加價之標語外衣，站在香港天星碼頭附近，向天星小輪公司行將加價事，表示抗議。

該青年站於道路中之石欄上，穿黑色樽領羊毛衫，外穿西裝，右臂寫上「支持葉錫恩」，左臂寫上「要民主」。均用英文書寫，背面則用中文寫：「絕飲食，反對加價」等句語。

該青年稱：天星加價，絕不合理，并對葉錫恩議員幫助市民之舉非常感動，此[illegible]抗議純是出於本意。該青年并要求市民，不要賭狗賭馬，當時，曾有一當值警員上前干涉，但該青年不加理會，屹立不動。（江）

《華僑日報》報導蘇守忠在天星碼頭前示威抗議。

重、貧富懸殊眾目皆見、殖民政府大權獨攬等，天星小輪事件只不過是導火線。一九六〇年代最後的幾年，可說是香港社會的一個轉捩點。

■一波未平一波又起

一九六七年香港又出現另一個較前一年更大、影響也更深遠的六七「暴動」。這場暴動的規模、涉及的人數、對社會的衝擊，都比一九六六年的有過之無不及。導火線是一場工潮。但其實主要原因是與大陸「文化大革命」息息相關。一九六七年三月，香港出現幾起勞資糾紛，親北京的左派工會發動了大規模的工業行動。同一時間，大陸的「紅衛兵」正席捲神州，全國各地亦一片沸騰。葡萄牙殖民地的澳門，亦發生了左派工會領導的抗爭。葡萄牙出動軍隊也無法控制局面，最後竟差不多全數接納了左派工會的要求，形成了北京掌管澳門的局面。

在香港，左派組織多次發動大規模示威及襲警行動。市區多處地方出現寫上「同胞勿近」的「土製波蘿」（炸彈），無辜民眾、知名人士、示威分子，以至警員皆有死傷。暴動持續了差不多一年，期間有多次大規模罷工、罷課、流血事件、暗殺事件。據官方統計，一共有五十一名市民在暴動中喪生，包括五名警員，另外有八百多人受傷，超過五千人被拘捕。這一年可說是香港最黑暗的日子。連續兩年的暴動，對香港社會有什麼影響？對一個剛中學畢業的學生又有何啟示？

當時許多人決定遠走異鄉，沒有條件到外國升學的，便在香港自求出路。我很幸運得到香港政府的助學金與大學貸款計劃，就入大學就讀。由於我的中英文語文基礎比較強，學習上也比其他同學來得瀟灑，因而能有較多時間來參加課外活動。結果一年級便當選崇基學院學生會外務副會長一職。這段日子也是香港學生運動的高峰期，「爭取中文合法化運動」、「反貪污、捉葛柏（警司）」、「保衛釣魚台」等運動前仆後繼；國際大氣候亦風起雲湧，特別在美國，出現規模前所未有的反越戰社會運動。這個時期參加學生會工作，不但眼界大開，思想也受到巨大衝擊，也是組織及領導工作的重大考驗及鍛鍊。

難忘的兩件事

這段期間，有兩件事至今仍讓我印象深刻。第一件事，在一次反貪污大示威中，我所屬的學生會會長與其他多名學生領袖同時被捕，我與其他同學必須策劃聲援並爭取他們無條件釋放。在一個學院的學生會會所中，集合了數以百計的支持者，多日不停工作及辯論，固是身心俱疲，亦是難得的教育及體會。

另一件事是參與香港專上學生聯會代表團，遠赴泰國曼谷出席亞洲地區國際學生會議。旅途中在當時還未解放的越南西貢短暫停留，看見這個長期身處戰亂的國家嚴重的貧富懸殊問題，感受到政治的腐敗與一般民眾的無奈，對所有團員來說都是很大的震撼。曼谷開會期間，接觸到亞洲各地的學生代表，突然感覺到自己的無知、天真，也深深感受到其他國家的困局與挑戰。最大的收穫，不是會議上的具體成果，而是體會到其他國家人民的命運與香港這個小城市同樣息息相關。事實上，與別國面對的挑戰相比，香港已經十分幸運。大家都能感覺到，我們一方面應更自信地去應付香港社會的問題，也應該有為整個地區做出更大貢獻的眼界及準備。

■踏上創業生涯

畢業後，我有幸得到貴人襄助，赴英國曼徹斯特大學完成社會學碩士及博士學位。返港後，因為不可能返回大學任教，便打算進入工業界，由於沒有相關經驗與背景，便又選擇修讀香港大學的「生產系統的設計」兼讀課程，之後順利在規模龐大的工業集團──南順（香港）有限公司，找到一份管理的工作，我入職時的職位是「人事經理」，一年後兼任「工業工程部主任」。當時我引進了在日本極為流行的「品質圈」制度，並在香港商界推廣執行經驗。後來因為自覺對工商管理了解太少，於是辭職再度前往英國全職進修MBA。課程尚未結束，香港瑞安集團總裁羅先生便因為之前對我推動品質圈制度留下深刻印象，大力延攬我在課程結束後至瑞安集團工作，我就這麼一待十年。我離職時的職位是瑞安投資有限公司總經理。

我本以為自己會在瑞安待到退休，卻因為在一九九〇年參與一位加拿大籍管理顧問主持的領導深造課程，而大受震撼，後來更直接向他學藝，進而與他聯手主持課程，最後決定放手一搏，嘗試創業。一九九二年我離開了瑞安集團，創辦了「謝家駒管理顧問公司」，揭開人生新的一頁。

香港社會經歷了動盪的一九六〇、一九七〇年代是一個「無聲的轉移」，中國大陸開始改革開放，香港的廠家也開始生產基地的北移。踏進一九八〇年代，是香港經濟的黃金時期，經濟發展蓬勃、樓市節節上升，股市在波動中穩步上揚，從而九七過渡，卻成為了最大的陰影及熱門的話題。一九八〇年代也是香港菁英移民海外的高峰期，但我和我太太一直都沒有移民的打算，在這個既是最好也是最壞的時刻，開始了我的管理顧問生涯。

Chapter

02

Makes the
public welfare
also to
make money

現在的新生涯

旅行是我生命的另一條主線

余志海

如果讀書工作代表的是一條塵世的主線的話，那麼旅行代表的就是一條出世的主線，並且，這條主線開始得更早。

我出生在農村，父母都在農村生活。按照邏輯，我應該在農村長大、在農村勞作、在農村老死。這是我的祖輩父輩和周圍無數同輩所經歷的人生。

可是，人生常有一些意想不到的跳躍。

這跳躍的契機是：我在廣州的伯父——也就是我爸爸的哥哥——膝下無兒，他想要一個兒子。於是，奶奶決定帶我去廣州。

那是一個漫長的旅程。早上，奶奶背我從村裡走到公路，那是好幾公里的路程。接著，我們坐上了去江邊的汽車，那是好幾十公里的路程。直到當時為止，我對周圍發生的事情還是一無所知。

最後，我和奶奶到了江邊。在那裡，我看到了要開往廣州的大船，它體積龐大，靜靜地停在岸邊。那是我第一次看見船，它給我的印象如此深刻，以致它成了我人生最初的記憶。

船一直開，直到晚上，我看到了岸邊明亮的燈火，奶奶告訴我，這就是廣州了。船外是城市的夜晚，船下是潺潺的流水，旁邊是老邁的奶奶和昏暗的船艙。

那半天的記憶、那艘船、那兩岸的燈火、奶奶說的那句話，以及當年七十多歲時的奶奶，我一輩子都不會忘記。

這是我人生的第一次旅行。

■雲南之行

到廣州後，我反倒很少有機會旅行，我的未來已經被規劃好：努力讀書，考個好專業，然後找個好工作，賺點錢，再找個好老婆，結婚生子，就這樣安安穩穩地過一輩子。

這個規劃一直被很完美地執行著，一直到二〇〇〇年，我的第一次雲南之旅。

那一次是藉公司在昆明開會的機會，我順便休年假，和同事及當時的女朋友一起，在雲南玩了十來天。

這次旅行，完全沒有計劃。十幾天的時間，我們只去了大理、麗江、中甸幾個有限的地方，從觀光的角度來看，完全沒有效率。但是，正因為沒有任何計劃，我們反倒享受到了許多意外的快樂。

到了麗江才想到要買衣服禦寒，然後氣喘吁吁地登上玉龍雪山，在山頂上嘗試人生第一次滑雪。

在旅館外的小黑板上寫下招募同行者去中甸的通知，沒想到第二天真的跑來了兩個人，這兩位成為我們接下來的旅途中最有趣的旅伴。

在去中甸的路上老外尖叫一聲「學校」，於是我們發現了路上的第一所小學，第一次發現了旅遊點附近的學校原來是這麼貧困的。這是我旅途生涯中接觸的第一所學校，現在回想起來，以後所發生的一切（包括「多背一公斤」的創立）似乎冥冥中自有天意。

回到麗江後遇到了一對廣州的夫婦，吃飯後我們成了朋友。想到要趕回廣州上班而手中的現金不多，我們很「厚顏無恥」地向他們借錢買機票，而他們居然也答應了（當然後來我們還了）。

雲南是個非常漂亮的地方，然而最讓我們流連並且久久不能忘懷的，反而不是美麗的風景，而是旅途上的這些奇遇。

這也讓我發現：旅行是不能被規劃的，它不能被計劃、不能被引導、不能被講解，它需要的僅僅是一顆好奇的心和一個開放的頭腦。

這是我的旅行態度，也是我的人生態度。

■不停地出走

從雲南回來後，我就愛上了背包。二〇〇一年到北京之後，一個人生活，時間就更自由了。於是，不停地出走。

旅行是一種不治之症，一旦愛上了，就不可自拔。

高山、湖泊、沙漠、草原，不同的風景，一個又一個陌生的地名，佔據了我日曆上的每個週末、每次假期，甚至是每兩段工作之間或長或短的間隙。

一個背包、一張火車票，構成了出行的全部理由。

一個人的出行——正如一句話說的——這是一種發現、這是一個過程，這是一個發現的過程。

這個過程，從對風景的追逐開始，最終卻總是落到自我的追問上。

我不斷地走、不斷地走，要尋找的，到底是什麼？

■那些美麗的風景

二〇〇二年十月到二〇〇三年三月，幾乎半年的時間，我都在路上。

2002年10月四川亞丁之行，是我最難忘的旅程

這是雲南大理洱海的美景，從雲南回來後，我就愛上了背包。

最難忘的是十月份的四川亞丁之行。

亞丁位於四川西南，與雲南交界。亞丁風景絕美，坐落著三座藏族的神山，一座是央邁勇（文殊菩薩）、一座是仙乃日（觀音菩薩），還有一座是夏諾多吉（金剛手菩薩，又作普賢菩薩），是我心儀已久的去處。

我和幾個朋友從成都出發，租了一輛越野車，整整花了三天才到達亞丁。為的就是一睹三座神山的芳容。

然而，我們卻非常不走運，要上山的那天早上，居然下起了雪。

馬夫倒是來得積極，他們生怕我們反悔，早早就來到營地恭候我們的大駕。想到事已至此，總不能白走一千公里空手而回，於是和馬夫們商量修改了一下路線，我們便爬上馬，向著落絨牛場進發。

在風雪中，白茫茫的一片，到處都是相同而枯燥的景象。我們有點急了，不停地問馬夫還剩下多少時間才到牛場。

——「快了，還有半小時。」

又過了許久，我們再一次按捺不住。

——「快了，還有二十分鐘。」

這時候我們才發現，平時短短的十分鐘在此地居然變得如此漫長。四人的馬隊猶如大海裡的一葉孤舟，在狂風暴雨的吹襲下，緩慢地掙扎著，移動著，不知何處是岸。

最終到達落絨牛場，雪也開始小了。可這時候，我們已經心力交疲，實在沒有力氣再往上走。稍事休息，我們便掉轉馬頭下山。

這場相親的失敗，顯然可以找到眾多的理由。例如，我們運氣不好，碰上了下雪，沒能看到亞丁最美的景色；又如，亞丁的生存環境太惡劣，不適合久留等等。但對我而言，這一路下來的最大感覺是：陌生感，強烈的陌生感自始至終瀰漫在我和亞丁之間。

對於亞丁來說，我就跟千千萬萬路過的遊人一樣，來了、又去了，沒有任何特別。而亞丁於我，顯然也有同樣的隔膜。我們長途奔波，只為這樣一個目標。我對它的了解，到底有多少？我只是想看到最美的風景，對它背後的生活，又有多少興趣去了解？

這或許是絕大部分旅遊者的心態。但是，如果抱著這種態度去旅行，除了一些可供炫耀的照片外，又有什麼收穫？

如果看不到風景（正如同我的亞丁之行一樣），那麼我的旅行是否就不再有意義了？

這讓我反思起自己的旅行。

無常

九寨溝，二〇〇二年十月。

上午的九寨溝，湖面上光影明滅，讓人著迷。我坐的地方，頭頂是濃濃的樹蔭，腳下是層層的落葉，寶石般藍色的湖水就在我伸手可及的範圍內。右前方的陽光，被層層的樹葉隔著，偶爾有幾絲光線透過來，卻只覺溫暖，並不刺眼。左前方是一棵大樹，斜斜地貼著水面向前生長。它的軀幹，一半伸出湖面，在空中伸展著。紅色的落葉不斷地從樹枝飄落，和其他樹木的落葉一起，匯集在湖面上，緩緩地移動著，組成一首深秋的絕唱。而大樹軀幹的另一半，卻從岸邊平著伸入水底——這半截躺臥在水中的樹幹，像無數其他躺在九寨各個海子水底的樹木一樣，倒下了，浸沒在水中，不再生長、不再枯榮，卻也不再腐爛——它們平靜地把自己交給了湖水，在透明的棺木中永遠地凝固了自己。它們死去了，卻用另外一種方式得到了永生。

沒有什麼比眼前的景象更能讓人感受到時光的流逝和生命的無常了，那些死去的樹木、活動的光影、落葉和流水，彷彿都在暗示著什麼。它們在這個寧靜的午後，在這個陌生的造訪者面前打開了它緊閉的大門，向他袒露出自然界最深處的秘密。而這個落魄的旅人，也在這時候陷入了思索，他想起了自己一路過來的旅程，想起了自己在亞丁、四姑娘山等地所遭遇的壞運氣，想起了自己一路在思考而不得解的問題。於是，在某一個時刻，他突然發現了什麼，他終於知道自己一路對美景的追逐竟然是毫無意義的。他們就像眼前的落葉和流水一樣，短暫、易逝，無法提供足夠的養分，支持他走完這段漫長的旅程。

要繼續前行，就必須找到更有力的理由。

記住愛

我想起了麗江，在那裡我與小貓小狗嬉戲，在充滿陽光的咖啡館裡吃早點。

我想起了大連，在那裡我得到熱心人的幫助，在海邊一個人獨看日落。

我也想起了平遙，在那裡我觸摸到了沉重的歷史的歎息，在歷史的遐想中流連忘返。

每次回想起那些地方，我首先想到的不是當地美麗的自然風光，而是生命，是那些與我有過直接接觸並建立了深刻聯繫的生命，是那些小貓小狗、頑皮的孩童、熱心的人們，甚至是由無數過去了的人所組成的歷史。是的，是生命給了我聯繫——任何給我留下了深刻印象的地方，都有生命與我關聯，不管這生命的形式是人、動物或者是過去了的歷史。而風景，在此時卻顯得如此脆弱，無法承擔起這樣一項光

想起麗江，我就想起那裡的小貓小狗和
咖啡館。

榮的任務。因為風景，即使是美麗如亞丁的風景，也和美麗的容顏一樣，是短暫的、易逝的，甚至是淺薄的、沒有生命的，它除了能給我們短暫的（也許是強烈的）刺激外，無法長久地停留在我們善於忘卻的記憶當中，更無法在我們喜新厭舊的心靈中刻下一道道深深的印痕。要到達我們心靈的深處，必須憑藉一座橋樑，這橋樑必須能與人交流，又跟它背後的環境密不可分——於是，只有旅途中的生命才能擔此大任。只有他們，才是打開密室的鑰匙。也只有與他們建立了聯繫，寶庫才會在芝麻開門的咒語中打開，一個個陌生的地方才會在我們面前變得如此熟悉、鮮活而親切，過目不忘而又歷久常新。

所以我們並非直接「記住」了風景，我們只是透過生命，在時過境遷之後、在回想起與這些生命交會的點點滴滴中，順便「想起」了風景。而生命，這些帶我們真正去「記住」某個地方的生命，它們之所以擁有如此強大的力量，在我看來也是理所當然的。我幾乎立刻想到了答案——是愛。為什麼這些生命在我的記憶中存活了那麼久？為什麼我沒記住其他的生命，卻偏偏記住了他們？是的，這都是因為我們之間有愛的存在——愛才是通過生命這座橋樑抵達我們心靈的最後之物。愛把我們聯繫在一起，愛使我們永不相忘。我們出門去，行行走走、尋尋覓覓，真正能帶回來並留在心底的，只有愛而已——只有愛，才能在我們細小的心靈中佔據一個永遠的位置；只有愛，我們才會記住這些旅途中的生命，愛上他們，也愛上他們生存的環境，愛上他們的家，他們的朋友，他們的文化，他們的藍天、白雲、草地和雪山。

原來我們真正記住的，只有愛而已。

■旅行的秘密

「如果你愛上了一朵生長在一顆星星上的花，那麼夜間，你看著天空就感到甜蜜愉快。所有的星星上都好像開著花。」

《小王子》中的一句話，這句話幾乎包含了旅遊的所有秘密。

旅遊就是去發現這樣的愛。

然後我們才會愛上整個世界。

■平遙

二〇〇二年，平遙古鎮。

我在一條小巷前面停下，我聽到裡面的喧鬧聲，我走下車。小巷很短，盡頭拐彎，是個小院子。院子裡有幾個小孩在踢球。

看到我進來，孩子們都停下來，好奇地看著我。

於是我看到了他們腳下的「足球」。

可這怎麼能算一個足球？只是一個塑膠袋，裡面填滿了各種顏色的廢紙爛盒，紅的、藍的、黃的、白的，在陽光下閃爍著怪異的光芒。

在城市裡，這只是一只裝滿垃圾的塑膠袋，它的飽滿是丟棄的前奏。可是，在這裡，它卻是孩子們的足球，是孩子們辛苦收集、細心愛護、不忍丟棄的寵物。

我想起了一套公益海報。那段時間，這一套三張的某某山泉的海報在北京的地鐵裡鋪天蓋地：黑白的照片，樸素的鄉村學校，下課的鈴聲剛剛拉響，孩子們從課室衝出來，夾雜著慌亂而喜悅的尖叫，奔到操場上。運動著的，是一張張飽滿的臉，只是——他們跳躍的腳下沒有跳繩飛舞，他們揮動的手中沒有球拍相隨，他們拚命奔跑卻沒有足球滾動——畫面中，在應該出現跳繩、乒乓球拍和足球的位置，都用虛線框住，裡面空空如也。

海報上寫著：「二元一根的跳繩，十元一副的球拍，三十元一個的足球，這些，在貧困地區孩子的眼中，也是一種奢望……」

我原以為，海報中的情景，只會在遙遠而荒蕪的土地上發生，那些貧困鄉村的土地，也許我們終其一生都沒有機會踏上。可如今，這場景就在眼前，在這個舉世聞名的古城中，在這個離熱鬧的明清街只有短短幾十米距離的巷子裡，如此猝不及防，像刀一樣明晃晃地刺入我的眼簾。

我忽然意識到貧困既不遙遠，也不只是極少數人的夢魘——它的勢力範圍，遠比我想像的更為寬廣。

剎那間我彷彿被什麼擊中，意識一片空白。我努力想抓住什麼。我舉起相機，可是孩子們卻躲到一角。

我要了個花招。我退到拐角，隱身於牆後，他們於是繼續玩耍。我探出頭，舉起相機。他們發覺了，便又都躲到角落。

沉默的孩子、沉默的我，中間沒有言語可以聯繫。

最終我還是退了出來，從原路，一步一步，像無比恭順的僕人一樣退了出來。我第一次在這麼近距離面對這頭比我強大得多的名叫貧困的野獸，它微微張開雙眼，在一剎那震懾住了我。我一直退到大街上，才敢輕輕呼一口氣。我是不該看到這場景的，它不屬於旅遊者的世界。只是——那群將會終身生活在它陰影下的孩子呢？

也許，他們有他們的軌跡，這軌跡不是我們能干涉的。有時候我會為他們的生活而心存憐憫，但是，我能做到的，也只是憐憫而已。

只是，我為什麼會舉起相機？那一刻我想得到什麼？而我又為什麼要玩弄那個拙劣的花招？這一切我都無法回答，每次想起，我都為自己的貪婪和傲慢羞愧難當。

我最終也沒有拍到踢球的孩子們。我只拍到了那個足球。越過歲月的迷霧，它在陽光下閃爍著怪異的光芒，刺痛我的靈魂。

■轉變

我寫下上面這段話的時候，正是二〇〇四年的四月上旬。幾天之後，一場對話徹底地改變了我的人生。

我的人生，終於要接近這些我無法接近的孩子，面對這些我不敢面對的貧窮了。這不能不說是天意。

退休初期，盡量住在鄉郊，到處遊覽。

我一九九二年創業，二〇〇〇年決定退休，現在「事後聰明」來看，一九九二年至一九九七年是香港的黃金創業時間。一九八九年的天安門大風波，把香港的經濟打入衰退深淵，兩三年後才開始復甦。由於一九九七年回歸日近，港英政府刻意營造繁榮氣氛，好讓政權交回香港時增加體面。因此這幾年香港經濟突然間出現無名泡沫，市面一片末日繁榮氣氛，股市、樓市飆升得不亦樂乎。

在這個時候創業，可說是盡得天時、地利、人和。戰戰兢兢地開業，第一年便收支平衡，第二年便可獲得超過打工時的收入，第三年起更以倍增。究竟是否純屬幸運地達到創業成功？真的很難說。

但我也實實在在地開創了一種嶄新的管理顧問服務，可說是前所未有。由於我自己從未在管理顧問公司任職，但在瑞安集團工作時卻「領教」過很多世界一流管理顧問公司的服務，覺得他們無論在國際上名氣有多大，在香港提供服務時，絕大多數都不能達到理想效果。如果要我為他們總體效果評分，十分是滿分，他們只得兩分。這反映出在香港實在有很大的市場空間。

但要成為有實效的管理顧問，必須同時掌握一流的顧問技巧以及了解當地的環境及文化。所以我深信自己有條件可以做得比外國顧問更出色，而當時也尚未有香港的管理顧問能兼備這兩項條件。九七回歸那一年，剛巧碰上亞洲金融風暴，香港的泡沫經濟馬上刺破，市面一片蕭條，「黃金五年」轉瞬間成為歷史。

選擇提早退休

我太太和我突然不約而同有一個感覺，是退休的時候了。我們當時的考慮很簡單，兩人都工作了這麼多年，算是有點積蓄，大富大貴談不上，但起碼就算停止工作，也可以衣食無憂。我們又沒有子女，也不嚮往奢華生活，即使再多些財富，也沒有什麼分別，倒是要珍惜有限的「青春」，趁身體尚健康可以隨處走動，把握機會享受人生。

於是從一九九八年起，我便開始逐步退休，把公司範圍一步一步縮小，有選擇地接少量的工作，到了二〇〇〇年初期，便差不多完全退下來。

其實人到中年，「工作」的經驗可說是異常豐富，但「享受人生」則往往是門外漢。我們也不例外。我們選擇了外出旅遊作為主要的享受方式。

自二〇〇〇年起，每年總是到外地旅行數次，每次大約一個月，每年約有三分之一至二分之一的時間不在香港。旅行的地點很多，遍佈美加及歐洲，但最情有獨鍾的是紐西蘭。過去十年，至少去過二十五次。很多朋友以為我們移民該國，但其實我們既無移民亦無置產，只是喜歡當地寧靜自然的生活。

■無所事事，閱覽天下

剛退休幾年，可以用八個字來描述我們的生活：無所事事，閱覽天下。心情是不作他想，盡情無拘無束地做一些平時沒有時間做的事情：看書、打高爾夫球、駕車、釣魚、結識新朋友、欣賞大自然。

我們喜歡紐西蘭是因為這是英語國家，溝通方便，風景一流、民風純樸（特別是在農村），又國土不大，可以駕車遊遍全國，全程不用坐飛機。通常我們是在唯一的國際機場奧克蘭取得出租汽車，回程時還車便搭飛機回港。我們更特別避開大小城市，盡量住在鄉郊，到處遊覽，基本上不住酒店及旅館（除非是留宿一兩晚），而是選擇租住本地人渡假用的小房子，每到一處，便住上一兩星期，自己煮食，不上餐廳（反正也沒有合口味的食物），但可以享受到當地的時令蔬菜及水果，當然少不了地道的牛、羊肉及海鮮。總的來說，在這裡生活讓人感到自由、安靜、舒暢、無牽無掛。

無妄之災

「好景不常」這句話一點不錯。二〇〇二年春天，太太有一個意外，令我們的旅遊生活暫停下來。那是農曆年初一，我們在香港過年，大清早我們出門去拜年，在居所樓下見到管理員，太太便派「利是」給他們，當她步行到管理處門口，突然因為地濕路滑，跌在地上，膝蓋撞在石級上，膝蓋馬上出現一個九十度角的陷入，痛楚不堪。立即召求救護車送到醫院，在X光的檢驗下知道膝蓋破裂。那天因為是年初一，沒有醫生值班，幸好我們有一位骨醫朋友，馬上四處找他，原來他安排了當天晚上出外旅行，早上留港向父母拜年。我們聯絡上他後，由醫院把X光照片傳給他檢查，他看後覺得情況嚴重，需要馬上動手術，本來他因為晚上要出門，不想倉促安排手術，但得悉沒有其他醫生可在新年假期做手術，他終於勉為其難，馬上安排在下午親自動手術。

手術雖然成功，但膝蓋破碎程度比想像中差，復元時間會相當長，也可算是不幸中之大幸。當時的顧慮是，太太今後會否能正常行動。醫生說是有可能的，但至少要一兩年時間，而且前半年需要每天做數小時的物理治療。

這真是無妄之災！也是人生的一部分吧！

■塞翁失馬，焉知非福

結果是我們差不多兩年不能出外旅行。手術後住了兩個星期醫院，之後每天要到另一間醫院做物理治療，每天四小時，但若把交通及等候時間加上，每天起碼花上六小時。這樣的安排，一直持續半年之久。我每天駕車送太太到醫院，然後回家，再去接她回家，當然連家務也要包上身，這又是另一種享受。

「塞翁失馬，焉知非福」，這話又沒錯。這段時間不能旅行，時間突然多了出來，無所事事之餘，我無意間讀起了股神巴菲特（Warren Buffett）的書來。我們投資向來異常謹慎，可以說是絕對保守，基本上不沾股票。然而巴菲特的投資理念卻令我大開眼界，我開始了解什麼是「價值投資」，以及對巴菲特長期擁有股票的做法大感興趣，跟一般人「炒股票」及近於賭博的投機買賣迥然不同。

無獨有偶，剛巧巴菲特在這時第一次購買中國企業的股票，動用大筆資金買下在香港上市的中石油H股近百分之十的股票，這是破天荒的舉動，在香港也引起廣泛注意及討論。

我當時估計，香港一定會有很多人跟隨他購買這些股票。但出乎我意料之外，股價雖然升了不少，但絕無大規模跟風購買行動。我覺得很奇怪。我想有兩個可能性：一，太少人認識巴菲特，或者不明白他的投資理念及策略；二，他們明白巴菲特的投資用意，但香港股民沒有巴菲特的耐性，所以很少人跟著他購買。

■重要抉擇

總之，我面臨一個抉擇，是否應該跟著他買一些中石油的股票作長線投資？對我們來說，這是一個重大的決定。於是我開始讀他的傳記，我覺得認識他的為人比認識他的理論更重要，結果在讀了兩本他的傳記後，我決定仿效他買中石油。行動之前，我要徵詢我的「投資顧問」——太太，我向她介紹巴菲特的投資理念和他的做人哲學，並說明認為值得考慮仿效他投資策略的原因。出乎意料地，她完全明白及認同，於是我們破例把部分積蓄押在中石油上。

巴菲特是在二〇〇三年以HK$一・七〇購入的，我買的時候，已升至HK$二・〇八。到了二〇〇七年，由於中石油的母公司在東非洲的蘇丹開拓業務，被指支持蘇丹政府血腥鎮壓，巴菲特受到部分股東的強烈批評，他迫不得已以HK$十二左右分批全數售出所有股份。這又帶給我們一個頭痛的問題：跟著他賣出，抑是繼續持有？究竟巴菲特放棄中石油是純粹政治上的考慮，抑或另有別情？我們當然無法得悉。

最後我們還是決定賣出中石油的股份，但在時間的選擇上，我們不跟隨巴菲特，在股價升至二十元時才全數沽售。四年間，升值近十倍，是我們這輩子最成功的投資。但回首一想，若不是因為不能旅行留在香港，我可能不會讀到巴菲特，這個經歷又會失之交臂。

兩年之後，太太的膝蓋開始復元，雖然不是百分之百康復，但總算能如常步行，只是不敢大角度彎曲及跑步，可說是感恩不已。

■一本書的威力

二〇〇六年，我們到歐洲旅遊，首站是倫敦。在倫敦一間書店中，太太買了一本新書送給我，想不到又成為另一個人生轉折點，這本書的書名是The New Philanthropists: The New Generosity（London: Heinemann, 二〇〇六），作者是英國管理學大師Charles Handy，（台灣有中譯本，書名是《當韓第遇見新慈善家》，天下文化出版，二〇〇七年。）

書中介紹了一批近年來冒起的「新慈善家」，他們之中有企業家、足球明星、教育家、銀行家、醫生等等，都是不約而同地運用創意及創業精神來從事社會事業。他們與老一輩的慈善家最大的分別，在於他們都「不滿足於只是開張支票捐錢」，而是想親力親為，用溫暖的心與專業手段做一番不一樣的慈善工作。他們也不是「社會企業家」，因為他們沒有嘗試創造收入或尋求贊助，而是用自己的財富來做善事。

這本書對我的影響，是開拓了一個新的眼界，原來世界上有這樣新穎的事業。亦因為這本書，我開始接觸到「社會企業家」這個名詞，跟著便深入了解這個新的社會現象，原來這個世界上有很多地方在過去二、三十年出現了為數眾多的社會企業家。

我突然領悟到「坐井觀天」這四個字的意義。我自己也算得上是個受過相當教育的人，但竟然長期以來都沒有察覺到他們的存在，只是坐在井底下看天，眼光是何等狹窄！

Chapter

03

Makes the
public welfare
also to
make money

當頭棒喝的那本書

《如何改變世界》的啟發

余志海

閱讀此書，像盲人重獲了光明——不僅為世界的多彩而雀躍，更為自己的存在而狂喜。

我的朋友崔英傑，是自由職業者，他開發了一套網站統計程式通過互聯網銷售，客源穩定，因此時間很充裕，可以到處去旅行。二〇〇四年的春天，他跑到雲南德欽的梅里雪山，在山腳下的雨崩村待了一個月。

梅里雪山坐落在雲南西北部，是藏族的神山，曾被評為最美的雪山。雨崩村與世隔絕，路途遙遠，進去要翻過一座落差一千多米的大山，所以去的遊客很少，當時也只在資深驢友的圈子裡流傳。

崔英傑在雨崩村飽食終日，無所用心，天天以曬太陽度日。一天，他看到兩個女孩從他面前走過，他也沒太在意。第二天，這兩個女孩子又從他面前走過，於是他開始留意她們。

一問之下，原來這兩位是從昆明來的義務支教（支援落後地區中小學校教育）老師，在雨崩村的小學已經教了大半年的書，崔英傑當時就很震撼。

這兩位支教老師問起崔英傑的行程，得知他第二天要去另外一個村子，明永村。而明永村剛好也有一位從上海過去的男老師，一個人在當地支撐，處境頗為艱難。於是兩位女老師就託崔英傑給那位男老師帶兩句話作為鼓勵，一句是：「你並不孤獨」，另外一句是：「堅持就是勝利」。

英傑聽了，感動非常，當即給兩位老師鞠了三個躬。回來北京之後，我給英傑接風，他就講了這個故事給我聽。

聽了這個故事，我也感動非常。但我想，光有感動是不夠的，還需要有行動。我們能做些什麼，可以幫助到這些鄉村學校的老師和學生們呢？

■多背一公斤

最簡單的方法就是找一所需要幫助的學校，了解他們的需求，然後發動身邊的朋友募捐。

但中國的農村這麼大，學校這麼多，單靠幾個人，能幫助到多少？

既然這樣，能不能把整個公眾的力量動員起來呢？一邊聽崔英傑講故事，我一邊開始思考。

突然，一個想法跳出來：是不是可以把旅遊愛好者動員起來？讓他們每個人在旅行的時候背上一點點的圖書或者文具，帶給沿途有需要的孩子？考慮到旅遊者的龐大數量及他們的活動範圍，這個應該是能夠為大量鄉村兒童帶來改變的創想。

一想到這，我心裡十分激動。晚上上網查了一下，發現單是雲南麗江，每年的遊客量就超過五百萬，試想一下，全國的遊客量又有多大？這當中哪怕只是千分之

雨崩村與世隔絕，路途遙遠，這是當地的小學。

一能夠付諸行動，能為鄉村孩子帶去的物資就已經不可限量了。

於是，我連夜寫了計劃書，並在網上發佈了這樣一篇招募貼：

> 昨天和英傑吃飯，英傑提到了雨崩村的老師及孩子的故事。這些故事讓我感動並且振奮。同時，我在想，我們可以做些什麼能夠幫助到這些老師和孩子呢？
>
> 我想，我們每個人的能力都很有限，但如果每個人都能出一點點力，那麼這個力量將是巨大的，甚至是無與倫比的。
>
> 現在，我有一個不成熟的計劃，這個計劃的核心是呼籲每一位有愛心的旅遊者出門都多背一點點的物品，帶給有需要的孩子。我希望能

雨崩小學的小學童

建立一個網站，透過這個網站可實現資訊的雙向交流。早上我已經撰寫了一個計劃書，但我不是很確定這個計劃可不可行，因此需要各位同學的建議。

計劃書為ppt格式，請有興趣參與討論的同學回帖留下自己的email地址，待兩天後時間截止我將透過email把計劃書發給大家進行討論。

這個計劃最初叫「多背一點點」，後來我覺得一點點不夠具體，第二天就改成了「多背一公斤」。

和英傑吃飯的那天，是二〇〇四年四月十八日，這一天也成了「多背一公斤」的生日。

■物資之外

起初，多背一公斤側重於物品的傳遞，而對網站的定位，則在於建設一個學校資訊和物品管理的平台。

多背一公斤在提出的初期，側重於物品的傳遞。

但是這樣做，無法迴避一個問題，那就是，山長水遠地背過去這小小的一公斤，從效率和效益上說，還遠不如在城市中大量募集物品然後郵寄。

二〇〇四年八月，我到貴州和廣西旅遊，走的是黔東南、龍勝、桂林一線，沿途我和當地的老師、志願者等進行了交流，開始更深入地了解到中國農村教育的現狀。透過這次走訪，我認識到農村落後的根源不在於金錢或物資的缺乏，而在於觀念和知識的落後。農村缺錢，但更缺乏與外界交流的機會。而這個，恰好是旅遊者能夠帶給貧困落後地區的。

而隨後十月份在河北省淶源縣的一次活動經歷，更加印證了我的想法。

我們去的是在當地白石山風景區大門旁邊村子的一所小學，位置也不算偏僻。因為我們來自北京，算是「中央」來送溫暖的，老師們都感到非常榮幸，而我又是帶頭的「大哥」，於是老師們請我上台說幾句話。

其實我也不會上課，站在講台上，面對二、三十個一、二年級的小學生，我問他們：「小朋友們，你們的理想是什麼呀？」

台下的學生們面面相覷，一臉茫然。我才想到原來「理想」這個詞太深了，這麼小的孩子還不懂，於是就換了個說法：「小朋友們，你們長大了想做什麼呀？」

本來我以為會有各種不同的答案，但最終的結果讓我驚訝：只有兩種答案，一種是「當農民」，另一種是「當工人」，其中一位小朋友還特認真地補充了一句：「我長大了想當工人，每個月給家裡寄二百塊錢。」

原來她所說的工人，只不過是在珠三角一帶打工的農民工！

我開始思考，為什麼孩子們的理想這麼貧乏？原因很簡單，因為他們生活的環境，他們身邊的家人，只有這兩種職業。

並非說當農民或工人不好，我沒有歧視的意思。但是，我想到一個問題：如果一個學生認為他長大了只能當農民或者進城打工，那麼高中或者大學的教育對他來說是沒有意義的，因為農民和農民工不需要這麼高的教育。於是，很多農村學生在接受完九年義務教育後就大量輟學的現象就很容易理解了。

所以，如果我們在這個時候能夠給小朋友們一個新的希望，一個對未來不同的想法，也許會真的改變他們的一生。

回來後，我們將「多背一公斤」的重點轉為面對面的交流，透過這種交流，旅遊者傳播知識和能力，開闊孩子的視野，激發孩子的信心和想像力，同時收穫快樂和友誼。

■交流的重要

但是，這樣是否足夠了呢？一個旅遊者假如依據這些理念，與學校和孩子進行很好的交流，是否就足夠了？對旅遊者個人來說是，但對學校和孩子則不然。因為如果旅遊者不將學校或孩子的資訊分享出來，那麼這些學校和孩子則未必能被其他旅遊者所知道、所探訪。而其他有同樣理念的旅遊者，也未必能在同樣的旅遊路線上發現這些學校或孩子，而需要重新獨自進行搜索，這無疑是一種時間上的浪費；同時，由於學校的最新情況無法得知，旅遊者在物質和精神上所做的準備都會增加，且盲目性增大，這無疑是效率上的浪費。最浪費的也許是，由於旅遊者活動的經驗沒有被分享，每一位旅遊者都在獨自摸索交流方法，學習的時間和成本都大為增加，直接損失的，就是孩子們的收穫和旅遊者的熱情。

所以，很多旅遊者抱著低調實幹、好事不留名的心態去實施這樣的公益活動，表面看是一種理所當然的善良，實際上卻讓公益行為變得低效和表面化，旅遊者只能做最簡單的沿途派發文具的工作，這種沒有了解、沒有交流的行為往往會被濫用，而最後的結果常常是敗壞了當地的民風，讓孩子們都養成了伸手要錢的習慣。

所以，我們提出了「多背一公斤」的第三個關鍵步驟，就是反饋與分享，讓旅遊者將他在旅途中收穫的資訊和經驗透過多背一公斤的網站分享出來，讓更多的學校、孩子和旅遊者受益，讓公益活動變得更加高效。

■糾結

二〇〇六年是我人生的轉捩點，而在二〇〇六年的頭幾個月裡，也是我很糾結的一段時間。

糾結的原因就是「多背一公斤」。隨著「多背一公斤」的發展，它佔據了我越來越多的時間和精力。下了班之後的所有時間，幾乎都用在「多背一公斤」上：上網發帖、管理網站、設計活動，和志願者交流等等，但即使如此，慢慢地我還是有了力不從心的感覺。

「多背一公斤」正在長大，而我的投入卻不夠。如果再這樣下去，恐怕我自己就會成為制約發展的瓶頸了。

這時候，全職公益的想法開始進入我的視野。

可是，利用業餘時間做和全職做是兩個世界。業餘做的話，有正式的工作支持、沒有生存壓力、對公益組織的發展也沒有太高要求，反正是業餘的，做得好是我厲害，做得不好也無可厚非。但正因為這樣的無所謂心態，反而阻礙了組織的進一步發展，一直停留在業餘狀態。這樣的例子我在國內的草根公益領域已經看到了很多，許多組織因為有志願精神的激勵，在初期發展都很快，因此參與的義工對組織提出了更高的期望。可是，組織的領導者卻無法將組織職業化，到最後往往因為投入不足而導致組織的裹足不前。

但是，如果要全職做公益，要考慮的就是自己的生存和發展問題。我擔心的是：這是一個看不到「錢途」的事業，我能堅持多久？

而我更擔心的是：這是一條沒有人走過的路，我能把它做成一個事業嗎？

■我為什麼不做NGO？

出來全職做公益，首先要考慮的就是要成立一個什麼樣的機構。當時，我所知道的組織形式就是NGO。在我的經驗裡，大陸的NGO都生活得很艱難，註冊難、籌款難，經常有一頓沒一頓的，一心想幫助弱勢群體，但最後總是把自己做成了弱勢群體。

我個人並不認同這樣的生存方式。在我看來，生存問題是先於理想的，況且，我們大概都能認同，一個人如果經濟不獨立，那麼他想要獲得思想和行為的獨立，是很困難的。個人如此，組織的情況應該也差不多。

但是，不做NGO，還能做什麼？這是我備感糾結的地方。

■《如何改變世界》

這時候，我看到了這本書——《如何改變世界》。

書的副標題是「社會企業家與新思想的威力」。社會企業家是一群以改善社會造福人群為自己事業的人，他們執著地經營所認定的「社會企業」——所謂的社會企業，可看作NGO和商業企業的綜合，或者說——以商業公司的型態，實現改善社會的目的。而這本書，就是一本專門介紹社會企業家的書，是一本關於他們是誰、他們為什麼及如何開創自己的社會企業，以及他們如何克服困難並不斷前

志願者給學生留下信封和地址，回去後可以和學生保持聯繫。

進的書。

很難描述我閱讀此書的感受。之前我一直在思考「多背一公斤」的組織模式，從單純的志願組織到專業的NGO，都有我所無法接受的弱點，或是效率，或是獨立性。而這本書就在這個時候走進了我的視野。就像近視的人戴上了眼鏡，世界在我面前變得清晰。原來還有這樣一種組織，能夠如此獨立而卓越地存在著。

說卓越毫不過分——從我對經營的理解，這類組織的經營（先別說成功）頗為困難。它不以獲取最大利潤為目標，同時又缺乏大多數NGO所擁有的慈善資源，卻要在一個近乎市場化的環境下為社會提供福利並保證自己的生存。任何企業會遇到的困難，這些社會企業都會遇到，並且會因為資源的嚴重不足而加倍地放大。但它們成功了，不單成功，還日漸壯大。他們以服務人群為己任，謹慎地控制自己的「野心」，選擇合適的模式，試驗，改進，推廣，戰鬥，堅定、謹慎、有力而深遠地改變著世界。

不過，近視的比喻尚不足以描述這本書帶給我的震撼。閱讀此書，更像盲人重獲了光明——他不僅為世界的多彩而雀躍，更為自己的存在而狂喜。剎那間，他看到了自己，看到了自己在那個曾經黑暗的世界中的位置，知道了自己是誰，從哪裡來、往哪裡去——他重新發現了自己。

我想起了我的朋友崔英傑在雲南時，兩位支教老師讓他帶給另一位支教老師的兩句話，一句是「你並不孤獨」，另外一句是「堅持就是勝利」。我理解這兩句話的涵義，從事社會工作的，尤其是從事非官方的社會工作的，總是生活在人們生活的邊緣。他們很少被人們所認識，甚至理解，也少有機會能認識同行者。每個人都憑著內心的一點點光明在黑暗中摸索、前行。如果他們不幸倒下了，不是因為內心的信仰不夠忠誠，或者能力有所欠缺，往往是因為缺少有效的交流和必要的鼓勵。

而這本書，卻如一盞燈，不僅照亮了前路，更讓我們看到了身邊的同行者。他們用卓越的成就告訴我們，勝利就在前方，而我們並不孤單。

是的，這本書真正介紹的是社會企業家本身而非社會企業，儘管他們經營的社會企業已經改變了世界，但讓這種改變得以發生的，卻是創造和運作這些企業的人。是什麼成就了他們？這群人來自不同的民族和國家，背景迥異，所關注的社會領域亦各不相同，但是，他們都同樣地擁有「同情、靈活的思想方法和一種『強大的內核』」。這個「強大的內核」，在我看來，是真正的平等觀，對人類尊嚴的信仰，對物件全然的信任，以及對未來堅定的無與倫比的信心。

生活並不只是應付痛苦。並不是明天就會死掉，在他們還活著的時候，他們應該做一些能使他們獲得滿足感、有目的感的事情。

它（兒童熱線）是一種權利服務。我們不是在幫助「可憐的窮孩子們」，我渴望把「可憐」、「窮」

這樣的詞從我們的辭彙表中除掉。如果我們採取慈善施捨的做法，那我們再這樣幹上五萬年，情況也還是照舊。不過，並不是我造就了兒童熱線，它的發生是因爲它必須要發生，那不是因爲我。

這樣的話還有很多很多，每一個希望透過自己的努力讓世界變得更加美好的人都應該讀一讀這本書，從中吸取信心和力量。

在這本書的開始，有一張「社會企業家及組織全球分佈圖」，上面標註著全球三十四個社會企業的位置，它們像遼闊夜空中為數不多的閃亮星辰，照耀著我們的前方。唯一讓我感到遺憾的是，在這個地圖上，中國還是一片空白。我知道我們要做的事情還有很多很多，儘管要在這片土地上做出些許的改變都會很難很難，但我相信，改變的日子不會太遙遠，因為我們並不孤單。我更相信，當這一天到來的時候，「多背一公斤」能成為當中自豪的一員。

■決定

看完《如何改變世界》，基本就做了決定。但是，這個決定也不完全是基於激情或一時衝動，事實上，我還是相當理性地給自己做了一次簡單的風險評估。

真的很簡單。我只是問了自己一個問題：

「如果給你三年的時間來做這件事，最後失敗了，你最大的損失是什麼？」

我突然發現，原來的一切擔心都是多餘的。三年後即使失敗了，天也不會塌下來，最壞的結果也就是我重新找一份工作而已。而我完全可以接受這個結果。

既然最糟糕的後果都能接受，那麼就沒什麼好猶豫的，馬上去做就是了。

於是，我向單位提交了辭呈。

辭職的那天，我的日記是這樣寫的：

上週五是我的last working day，手續辦得很快，不到半天就辦完了。離開一個公司，尤其是離開一個也許在兩年內就會上市的公司，心裡總有些遺憾的。我的「百萬富翁」的夢就這樣破滅了，也許這是我離這個夢境最近的一次，但另外卻同樣有個故事給我啓迪：

WB去年離開了百度創立自己的公司。有人給他算了算，他要再晚一年離開的話，他就能多得到一百萬。WB回答：

「我要是早一年離開，這一百萬已經賺到手了。」

不是錢，我不是說錢的事。我是說，有些事如果必須要做的話，那就馬上做。有一種生活也許沒有豪宅名車，但我更不希望年紀老的時候只比年輕時多了豪宅名車，卻從來沒有追逐過夢想。

How to Write to Change the World 的啟發

謝家駒

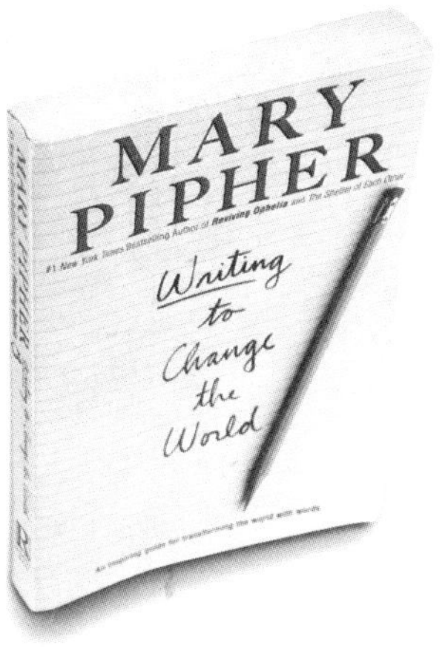

文字的力量不可低估，可以改變世界。

很多人都聽說過或讀過 David Bornstein 的 How to Change the World: Social Entrepreneurs and the Power of New Ideas 一書。

事實上，這本書是第一本有系統地介紹世界各地社會企業家的專書，也是一本影響力宏大及深遠的著作。「多背一公斤」的創辦人余志海亦是受了這本書的啟發而立志成為社會企業家的。我自己也深受這本書的感染，並廣泛地向我的朋友大力推薦。

但是引發我開始參與推動社會企業家運動的卻是另外一本書，Mary Pipher所著的Writing to Change the World（《用筆桿子改變世界》）。作者是一位心理學家兼作家，這本書跟《如何改變世界》一書毫無關係。書的主旨很簡單，就是文字的力量不可低估，只要懂得掌握必要技巧，加上作者的精神力量及熱忱，文字可以改變世界，移風易俗。

■創辦《社會創業家通訊》

自從我開始透過多種途徑了解社會企業家的事蹟及威力，包括書籍、期刊、網站、錄影帶等等，我發覺最有效傳播資訊的方法是講故事。事實上，有人說過：「假如你跟一個生意人談話，他會不停說產品及市場；假如你與一個學者談話，他會滿口

這是第一本有系統地介紹世界各地社會企業家的專書

概念和理論；假如你與一個社會企業家談話，他肯定會不停地跟你說故事。」

所謂故事，就是其他社會企業家的事蹟。我的腦海中不停地累積這些故事。一有機會，我便向我的友人介紹，我從不談理論，我只懂講故事。友人們很感興趣，他們一方面覺得這些故事十分感人，另一方面也驚歎自己為什麼從來沒聽說過。有些朋友鼓勵我與多些人分享這些故事，但我總不能天天在講，於是我想起Mary Pipher這本書，何不透過文字來傳播這些故事？這就是我所編寫的Social Entrepreneurs Newsletter（《社會創業家通訊》）的起源。

這電子版通訊兩星期出版一次，每期三頁紙，不多不少，用英文寫成，主要是因為目前在香港有興趣這方面內容的讀者都能夠閱讀英文，而且因為牽涉不少新的名詞，用英文會比較方便。內容是分析世界各地（包括香港）社會企業家的動態及趨勢，用精簡明快的文字，深入淺出地介紹社會企業家如何改變世界。

任何寫作都是想改變世界，至少是世界的一個小部分，或者是稍有改變了讀者的心情，或者是他對某種美的體會。可以從兩個角度去判斷一篇作品是否改變世界，一是作者寫作的目的，二是它對世界的影響。

派佛（Mary Pipher）

Issue 59, August 12, 2009

社會創業論壇
Hong Kong Social Entrepreneurship Forum

Social Entrepreneurs Newsletter

edited by KK Tse

www.hksef.org

kakuitse@gmail.com

Flagship Social Enterprise Program – A HKSEF initiative

As readers are well aware, there are two main categories of social enterprises in Hong Kong in terms of funding sources, namely, those which are funded by the government and those which are not receiving any government funding.

In terms of number, the former category stands at 200 to 300. The number of social enterprises in the latter category is harder to ascertain as there is no formal registration as such. My guesstimate is between 50 and 100.

In terms of chances of success, those with government funding seem to face a greater challenge. The main reason has much to do with the lack of entrepreneurship. As these social enterprises are operated by NGOs (a basic requirement for receiving government funding), they are usually headed by a staff member of the organization concerned (for example, a social worker), or a manager hired from outside specifically to run the social enterprise.

Those social enterprises not using any government funding also face a lot of challenges. They are typically founded by individuals who have an entrepreneurial bent. This of course does not guarantee success but it does mean that these social entrepreneurs are more prepared to confront market forces. HKSEF has a particular interest in supporting these social entrepreneurs as they are a vital force in a civic movement of social entrepreneurship.

A Pilot Program

At the same time, HKSEF recognizes the importance of social enterprises using government funding and would like to see more of these social enterprises being able to achieve the double bottom line, that is, realizing the social mission and attaining financial self-sustainability at the same time. For that reason, HKSEF conceived an initiative known as **Flagship Social Enterprise Program** which focuses on social enterprises with government funding. One social enterprise was selected to serve as a Pilot in 2008 – Biciline in Tin Shui Wai, operated by the Tung Wah Group of Hospitals. Biciline recruits and trains up local young people to serve as guides for eco-cycle tours in the Tin Shui Wai and Yuen Long area. Its mission is to **create jobs and growth opportunities for youth through eco-tourism.**

The selection criteria used are primarily fourfold: 1) clear social mission, 2) a relatively innovative product, 3) the person in charge of the social enterprise possesses certain entrepreneurial qualities and has the determination and commitment to make it a success, and 4) willingness to share experience with other practitioners. Biciline and the owner of the project, Antony Pang, met our criteria nicely.

HKSEF organized a team of six advisors to work with the leadership team of Biciline from the start of the project. All six members are from the business sector; they contribute their experience, expertise and advice to the team in an effort to assist it to realize its double bottom line. From late 2008 to the present day, the advisors have met the team on a regular basis (bimonthly).

We are happy to announce an experience sharing session by Biciline on August 24, 2009. See details below.

《社會創業家通訊》的讀者群不斷擴大

我國古代也有「文以載道」的說法，意思就是寫文章不外乎是想表達思想、說明道理。民初的梁啟超更進一步描述自己的寫作「筆鋒常帶情感」，「縱筆所至不檢束」。梁啟超是做慣了報章文字的。中國近代的報紙，在啟迪民智、移風易俗方面的作用異常龐大，而這也正是梁啟超和他的同仁們辦報的目的。胡適曾回憶：「梁先生的文章，明白曉暢之中，帶著濃摯的熱情，使讀的人不能不跟著他走，不能不跟著他想。」

《通訊》出版第一期時，我也不知會維持多久，只是覺得我有很多內容可以寫，又以電郵發出，基本上不需任何費用，每星期寫三頁紙，估計可以應付一段時間。第一批的讀者，是我有電郵地址的朋友，大約四十多人，純粹是嘗試性質，豈料讀者反應異常熱烈，出了兩三期，便收到大量電郵表示支持及讚賞。跟著，讀者群不斷擴大，不到兩年，已超過八百多人。

通訊的作用很簡單，就是 Inform, Inspire, Involve（提供資訊，感染讀者，讓他們坐言起行）。提供資訊，包括介紹社會企業的基本意義及特徵，社會企業家的素質及事例，世界各地社會企業家已產生的作用及未來的趨勢，香港及亞洲地區關於社會企業家的動態及活動等。

感染讀者是最具挑戰性的部分。「感染」是潛移默化的，不是煽動、不是推銷、不是說教，我發覺最有效的方法，莫過於講故事，就是社會企業家真人真事的奮鬥史。關鍵在如何以有限的篇幅，用簡潔的文字講出這些動人的故事。全世界有史以來銷量最大、影響最廣深的一本書，就是聖經。但是聖經基本上是一本故事書，全部道理及教義都是用故事表達出來，可以說是人類歷史的重大發明。西元零年，耶穌出生，一生備受排斥，三十多歲便被釘在十字架至死，那時「天主教」尚未出現，但他死後不足數百年，天主教會便在歐洲形成一股足以左右王室的社會力量，其實是有點匪夷所思，但它能夠這麼迅速的發展，全靠聖經故事的廣泛流傳。

■每一期都是新挑戰

鼓勵讀者坐言起行更具挑戰。每一期編寫的時候，我總是提醒自己，出版這個通訊最終的目的就是激發行動，如何選材、如何表達，都要以此為出發

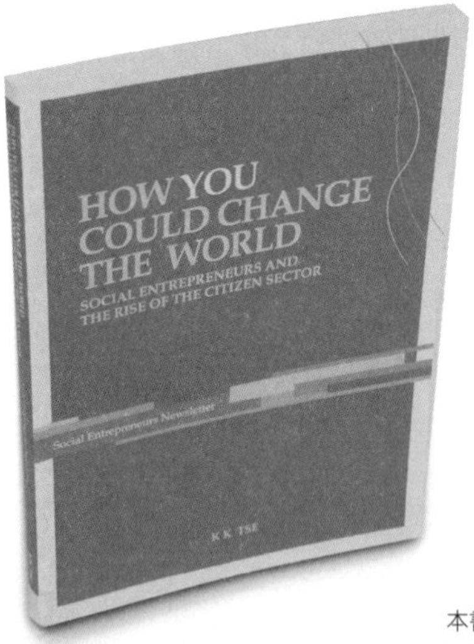

本書是《社會創業家通訊》的合集

點。這就是發揮筆桿子改變世界的威力。

創辦這份電子通訊，是我有生以來最大的滿足。它的讀者群的成長，標誌著香港社會創業家精神（social entrepreneurship）的擴散，時至今天，這份通訊至少可以發揮以下作用：

1. 給予香港社會企業家及其支持者一個知識與支援的源泉；

2. 維繫了一批熱心推動社會創業精神的有志之士；

3. 讓初入門的人有一個接觸香港社會企業家的渠道。

通訊的讀者，不單定期收到通訊，並會收到《社會創業論壇》的所有活動通知，事實上，論壇的不少活動，主要參加者都是來自通訊的讀者群。

「通訊以載道」，起碼已經有了一個良好的開始。

（歡迎訂閱，寫本章的時候，「通訊」剛出版了六十期，暫時仍以英文為媒介。讀者如有興趣，可在網上讀到所有已出版的內容（www.hksef.org），亦可在網上免費登記成為訂戶。）

Chapter

04

Makes the public welfare also to make money

坐言起行

從二〇〇四年「多背一公斤」誕生的那一刻開始，它就受到了不少的質疑。因為「多背一公斤」的許多理念、模式和運作方法都顛覆了當時大部分人對公益的認識。

這些質疑主要集中在兩個方面：一個是對公益和受助對象的認識；另一個是對我們這種大眾參與模式的成效的懷疑。

■快樂公益

在大陸的主流媒體宣傳中，公益總是被描繪成一件偉大的、純粹奉獻的事。而他們所宣揚的公益模範，總是那些放棄了自己的職業、家庭甚至健康，全身心投入到公益事業的苦行僧。深圳的歌手叢飛就是一個典型的例子，他為捐助貧困學生上學，十一年捐了三百萬，不僅把自己的積蓄捐光了，還欠下了巨額的債款。因為捐款，他把本來富裕的家庭弄得一貧如洗，導致妻子離開了他。最為諷刺的是，他捐助了一百多名貧困兒童的學費和生活費，卻連自己女兒上幼稚園的錢也沒留下來，最後是女兒的爺爺出錢交的學費。

這樣的「模範」，我們或許會感動，卻絕不會去仿效，因為它已經違背了基本的人性。但往往因為這種對「模範」的洗腦式宣傳，使得公眾認為公益是有錢人和苦行僧才能去做的事情，很崇高，但和自己無關。

於是乎，永遠只是少數人在忘我地奉獻，而絕大多數人選擇了旁觀。

要改變這種局面，必須讓公益回到大眾。而關鍵在於，要讓公益成為一件簡單的、快樂的事，是每個人都可以參與的舉手之勞。而這些，就是「多背一公斤」所倡導的。

我經常說，一件事必須有意義同時有趣，這是大陸作家王小波的話。我喜歡做的事必須符合有意義同時有趣，光有意義是責任，光有趣則是娛樂，都無法長久。

如果是奉獻，只有短期內有效，對一部分人有效，但不可能在長期內對大多數人有效。付出少、收穫多，人們才願做，得到的收穫有時是高興、開心和興趣。有時是友誼、志同道合的朋友。有時是成長的機會。這樣才能吸引別人。「多背一公斤」的公益理念是快樂公益。

我希望「多背一公斤」的旅行者在旅途中不僅感受貧困，更要感受快樂。

同樣的事，可以快樂地去做。爲什麼一說到助學就要苦大仇深、就是破磚破瓦，沮喪的臉？不是這

樣的，這只是我們的一廂情願。看到貧窮固然能激發我們的同情心，吸引更多有愛心朋友的加入，但無形中也把自己擺在了一個更高的「施捨」的位置。其實，每個孩子都有一個快樂的童年，這種快樂不因他們的貧困或富有而改變。發現並享受他們的快樂，而不是揭示並同情他們的貧窮，更能幫助他們走向更廣闊的人生。

這是我第一次多背一公斤時寫下的感受。這種感受也被越來越多的旅遊者所理解和接受，在感受快樂時，旅行者們自然也會感受真實的現實。一位旅行者寫道：「其實這種旅遊方式最吸引人的地方就是充滿了人情味。我送了一些小禮物，而孩子們回饋給我們很多，有燦爛的笑容和不斷的進步，常常在不知不覺中給我很多的啟示和觸動。所以我覺得與其說是我們幫助了這些孩子，不如說是這些孩子給了我們快樂，這多背的『一公斤』其實是送給了自己。」

■群體協作

群體協作是這幾年出現的一個迷人現象，因為大規模參與帶來的多樣化、速度和效率都讓人歎為觀止。以辭典編撰為例，以往要更新一版大英百科辭典，往往需要邀請幾十個各方面的專家，並耗時數年才最終得以完成，而網路上的維基百科辭典則採取開放式參與，人人都可以編寫和修改詞條，並透過社區流程形成「穩定」的詞條版本。透過這種方式，維基的詞條量不僅遠超大英百科，而且質量也不相上下，充分說明了群體協作的威力。

那麼，群體協作如何運作?這幾本書從不同的角度給出了解釋。

《百萬大決定》說：

要得到良好的群體決策需具備四個條件：建議的多樣性、獨立性、分權、匯聚。

使得一個群體具有多樣性，幾乎自然的就能使其在解決問題時表現優良。

分權的最大好處是，能夠讓人們在各項活動中彼此合作，並且能夠在解決問題的同時，培育獨立性和專業化。分權的最大缺陷是：資訊被固定在這個系統中的各個部分。也就是說，你需要

第一次多背一公斤去黃山腳下的歙縣

一種方式將分權系統同意，使其成為一個整體……應當存在一種方式，使得分權系統中的每個人的資訊匯聚起來，這個系統才會奏效。若沒有，分權是不可能產生什麼聰明的結論的。

《維基經濟學》說：

當至少滿足以下三個條件時，大規模協作生產將運行得最好：

1. 生產點目標如果是資訊或者文化，則可以使貢獻者的參與成本最低；

2. 任務可以分解成小塊，這樣單個生產者能夠以小的增量進行貢獻，並且獨立於其他生產者（比如，百科全書的條目或者軟體程式中的模組），這使得他們投入的時間精力比他們得到的利益報酬來要小得多；

3. 最後，將這些模組整合成一個成品的成本，包括領導能力和質量控制的成本必須要低。

「多背一公斤」在本質上就是群體協作。三年前《民間》雜誌的明磊同學採訪我時，當中就有這樣一段：

安豬（余志海）哲學：取消權威。

我欣賞網上維基百科辭典的模式。就是每一個人都有權修改上一個人寫的條目，但同時保留紀錄，最後看到的是集體的沒有權威的共同結果。在這模式中，有一個前提相信大多數行動是善意的，大多數人的判斷是準確的。這是一個平民世界觀。每個人都是平等的，每個人自由參與，知識公開流動，彼此信任，判決由大多數人的意志決定。

現在的民間組織是專家的世界觀。也就是一部分人比其他人享有更多知識、判斷、參與方面的特權。比如助學網站，監察員往往被默認更有判斷的特權、資格審核的權力。一公斤與維基百科的理念驚人地一致，它倡導的是一種簡單易行、人人皆可參與的公益行爲。

在多背一公斤中，任何一個人都可以自己去發現這個學校，自己去捐助，自己去組織活動，甚至可以建設一個新項目，這是一個自助的組織。

為什麼要群體協作？因為單純依靠專家的參與已經無法解決現在的問題。中國有超過四十萬所農村學校，他們在師資、圖書、互聯網、文體教育等各方面都有著廣泛的需求，而當中只有百分之五左右的學校得到不同類型公益組織的有限度服務。這些公益組織沒有服務更多的學校，不是他們不想，實不能也，因為在這些組織裡，從實地調查、資訊收集、募捐、實施、反饋到宣傳、人員管理等等，幾乎統統都由組織核心成員完成了，所以他們實在沒有精力服務更多的學校。

其實這個故事背後的邏輯很簡單。因為有巨大的需求，所以解決問題需要巨大的供給，以及對巨大供給的管理。因為中國有這麼多相對富裕並且受過教育的城市人口，我們可以認為這個巨大的供給是存在的，那麼，接下來的問題就是：

是否存在一種（或一些）方式，能夠讓每個人的「供給」（不管是金錢、物資，還是智力）都能夠方便地到達受助方，並產生實實在在的效果？

顯然，因為數量的巨大，這個過程的管理不能由一個人手有限的組織完成（事實是，任何組織的人手都是有限的，並且，現實中所有組織人手的總和也是相當有限的）。所以，如果不考慮利用我國巨大的國家行政系統，剩下的選擇就是把這過程的運作也交給大眾了。

這時候，大眾就不再是作旁觀者、單純的捐贈者或者是在專家「管理」下的志願者，而是公益的主人，進入了公益的核心流程，他們發現、聯絡和確定受助者，為他們提供服務，並進行追蹤和反饋。作為副產品，大眾透過參與，可以逐步學習到協作、組織和創新，成為一個更專業的「選手」。未來，也許會有更多的新組織從這些參與者中產生。

而公益組織，將從一個管理者的角色變成一個支持者，退居幕後，默默為參賽者鋪設賽場，打掃賽道，為的只是場上選手有更優異的表現。

如果這一切能夠發生，那麼，這個世界將會更好玩。

■ Q & A

「多背一公斤」到底是什麼？我發現很多時候並不能靠我個人去定義。它的發展、成長和改變都是很多人對話的結果。事實上，「多背一公斤」就是一場對話：旅行者與鄉村兒童、旅行者與旅行者之間的對話。人們透過對話去獲得對對方立場與處境更真實、深入的理解，同時根據這些理解不斷地調整、完善自己的行為。

對我而言，最有趣的對話往往發生在我和媒體的問答當中。記者們，特別是有經驗的記者們，會問出許多我所未曾關注到的問題，而這些問題幫助我更好地思考我們是誰？我們做什麼？以及我們為什麼這樣做等等根本的問題。

下面是二〇〇六年的一次採訪，它很完整地呈現了作為一個公益項目，「多背一公斤」的理念和方法。

Q：給讀者們簡單介紹一下「多背一公斤」吧，這個項目發起的時間，它所號召的，它的理念，它的努力方向等。

A：「多背一公斤」鼓勵旅遊者在旅途中進行舉手之勞的公益活動來幫助貧困落後地區的孩子，同時讓自己的旅途更加有趣和有意義。「多背一公斤」透過傳遞→交流→分享三個簡單的步驟為旅遊者帶來豐富的旅遊體驗，並實現良性的公益迴圈：
傳遞——出行時多背一公斤，把文具或書籍等帶給沿途貧困落後地區的學校或孩子；
交流——旅途中與孩子們進行面對面的交流，開闊彼此的視野，激發信心和想像力；
分享——歸來後透過 **1kg.org** 網站分享學校資訊和活動經驗，發動更多朋友參與。
我們「多背一公斤」的理念很簡單：每個人都可以為世界的改變做出力所能及的貢獻，當有千千萬萬人在做同樣的事情的時候，它的力量是強大的。
我們會努力讓這種公益活動更方便、更有趣、更有效，同時我們也努力創造更多簡易有效、富有樂趣的公益活動。

Q：到目前來看，「多背一公斤」的組織定位是什麼樣的呢？

A：簡單來說，「多背一公斤」是每個人參與公益活動時那隻「隱形的手」——我們設計出簡單有趣的公益活動，為參與者提供學校的資訊、參與的方法和指南以及分享的平台，我們也努力讓每個人的成果能夠更有效地記錄和傳播——但我們不直接參與（甚至也不直接組織）公益活動，我們把參與的樂趣留給參與者，並且透過參與者的全程參與，讓他們能夠更方便地接近公益（至少是更全面地了解公益）。

Q：援助偏遠地區的學校和孩子們，我們直接想到的更多的是支教，「多背一公斤」選擇了另外一條和旅遊有關的方式，你現在回頭想想，覺得這樣的方式和支教相比有什麼優勢和不足呢？因為現在旅遊發達的地方很多已經算得上脫貧了，「多背一公斤」在這些地方能夠起到它所希望的效果嗎？

A：我想這是兩種不同的方法，甚至連目標也不完全相同。你覺得向大眾傳播交通安全知識和為交通事故受傷者提供更好的醫療服務哪個更有效？至少我沒有這個智慧能夠做出肯定或否定的回答，「多背一公斤」和支教之間的比較也是如此。

「多背一公斤」的重點不是扶貧，它更注重精神和能力上的東西，我們期望透過平等的交流能為鄉村孩子展示一個更廣闊的世界。我想，只要存在著城鄉差距，這種交流都是鄉村兒童需要的。

Q：在「多背一公斤」的活動當中，你想得最多的一件事是什麼？

A：我要如何改變，才能做得更好。

Q：在「多背一公斤」的「媒體報導」裡面，我們看到了一家媒體和商業公司合作參與的一次「多背一公斤」活動，我個人來看是比較難過的，一個小時的捐贈儀式和十分鐘的溝通交流時間成了鮮明的對比。你對這種商業氣息濃重的活動怎麼看？你覺得「多背一公斤」在以後應該怎樣處理好公益和商業這看起來是兩種截然不同性質的活動的關係？

A：沒什麼難過的，成長中的經歷而已。我們不能保證不犯錯，但可以盡量避免同樣的錯誤犯兩次。我們不反對任何事情——只有當我們不反對時，事情才有可能被我們改變。在我們看來，公益和商業並不矛盾，就像讀書和戀愛並不矛盾一樣——因為戀愛而不及格，只能怨自己無能。

Q：「多背一公斤」給你的生活和工作帶來了什麼？

A：一顆更柔軟而堅定的心。

Q：聽說「多背一公斤」已經在和投資人談合作，那麼如果有資金支持，也就是贊助，「多背一公斤」會成為比較商業化和炒作化的行為嗎？

A：旅遊業的發達往往會讓旅遊區的小孩養成向遊客伸手要錢或糖果的習慣，這也常成為商業化的惡果，為旅遊者所詬病。

而在雨崩支教過的徐老師卻在她的日記中寫道：「後來到明永，沈越說那裡的村民很富裕，他的學生從來不會向客人乞討。我突然明白，文明的發展還得依賴於經濟的推動。雨崩的陋習是緣於他們的經濟水平太低，像古木因為想吃糖所以會向遊客討要，只有生活水平提高了，吃糖不再是奢侈的事，才能徹底改變乞討現象。」

在商業化這件事情上，我們也沒有答案。

Q：「多背一公斤」公益網站的運作模式，如何進行組織與開展活動，這種新型的公益組織形式與傳統的公益活動模式有哪些不同？

A：一般的公益活動都透過公益組織去組織活動，參與者只能在「別人」的「管理」下進行活動，甚至只能參加活動的一部分（例如捐款）；而在「多背一公斤」，每個人都自我管理，並且全程參與活動，每個人都可以發起和組織活動，每個人都可以直接面對他的活動對象（鄉村兒童），每個人都能夠自由地發揮他的能力和智慧，甚至能為活動帶來重大的改變。

「多背一公斤」的組織理念是基於信任和分享，而非控制。

Q：像「多背一公斤」這樣的草根公益組織在運行中遇到了哪些困難？哪些是最主要的，哪些是自身難以解決的？

A：主要的困難還是：

1. 對於我們遠大的理想，我們還缺乏足夠的有理想的實幹家。
2. 我們在做的，可參考的經驗很少，這需要我們有足夠的勇氣，同時又要足夠謹慎。沒有自身解決不了的困難。如果真有，那麼這個組織的目標和定位本身就有問題。

Q：在您和您的志願者參與這一民間公益活動的過程中，你們的思想有哪些重要的領悟、轉變？

A：以前激發我參與志願工作的是「沙灘上的海星」的故事：一位老者在清晨退潮的沙灘上行走，他看到一位年輕人正在撿起落在沙灘上的海星扔回海裡，老者奇怪地問：「沙灘上的海星這麼多，你這樣一條條地救有用嗎？」年輕人撿起一條海星，說：「對這條有用。」然後使勁把牠扔回海裡。

這就是我最初做義工的動力：做一些力所能及的好事，莫問結果。

但發起「多背一公斤」後，我發現，作為一個公益專案管理者，你必須站得更高。你可以不計較自己的付出，但你必須要為你的成員的付出負責，讓他們更方便快樂地參與，享受到更好的回報。所以你必須設計更好的公益參與方式，更有效的系統，以及更多的激勵。

我現在常掛在嘴邊的，是「做好事也要精益求精」。

■走向社會企業

「多背一公斤」最初提出的大眾參與的模式，更像是一個NGO所為。而當我決定走社會企業的道路時，首要的問題就是：

錢從哪裡來？

有些社會企業採取關聯業務和價格補貼的方法來獲得資金和服務弱勢群體，簡單來說，社會企業對不同的人群提供服務，對一般的大眾收取正常的價格，獲得的利潤可以支援低價或者免費為弱勢群體提供的服務。

我們在一開始也採取這種模式。因為「多背一公斤」已經有了一定的知名度，經常有些企業和媒體找到我們，期望我們為他們設計和執行公益項目。我們則透過這樣的服務獲得收入，支援團隊的運作，為網站用戶提供免費的服務。

但經過一段時間的實踐，我發現這種模式並不適合「多背一公斤」。為什麼呢？

因為這種模式自身的特性已經決定了，為了實現價格補貼，一個社會企業服務的正常收費群體人數跟它服務的低收費群體人數是成比例關係的。而對正常群體的服務，嚴格來說，是在這個社會企業的使命之外的。當對不同人群的服務只有價格上的不同、內容卻沒有太大分別時，這種模式對這個社會企業沒有太大影響，因而是適合的。但當對兩個人群提供的服務差別比較大時，那麼這種模式勢必會分散社會企業的很多精力，到最後變成了吃力不討好的局面。

舉個例子，一個醫院，它提供眼科手術給所有人，僅在收費上有所差別，那麼這種模式對它是適合的（這個例子在第六章還會論述）。而一個服務貧困兒童的學校，它開辦校辦加工廠，期望透過加工廠的收入來為貧困兒童提供免費的教育，對於這個學校來說，由於教育和經營工廠是兩種截然不同的能力，那麼它採取這樣的方式運作是有風險的。

這也是我們在最初面臨的問題，當我們服務不同的人群，並且兩個人群的需求差異很大時，我們發現，我們的收入僅僅是為了活命，而不是實現自身的使命。以致到最後用戶都提出了意見：「你們怎麼不服務我了？」

所以，不管經營什麼，社會企業最終還是要回到它的使命上來。它的盈利模式必須要符合它的使命和運作模式，這樣它才能達到真正的運作效率。這也是我們在頭兩年運作社會企業所收穫的最深刻的經驗。

我們的使命是讓大眾更輕鬆、更有效地參與公益，那麼，如何從使命發展出一個盈利模式呢？

我們的方法是網路社區加電子商務。

經過了幾年的發展，多背一公斤網站 www.1kg.org已經成為國內最活躍的網路公益社區，目前網站服務了超過七百個鄉村學校，每月由用戶發起超過五十個公益活動（截至二〇〇九年七月資料），活躍的用戶為我

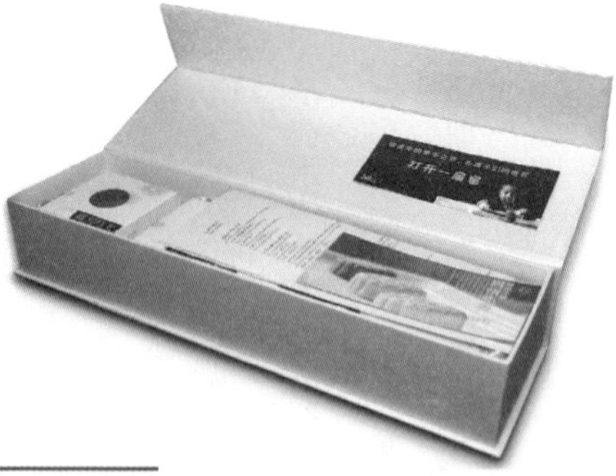

公益月餅

們提供了大量、準確、可信的學校需求。

在網路社區有效運作的基礎上，我們將設計公益解決方案，方案主要包括硬體（學校需要的物資）和軟體（學校需要的某種服務）兩種。透過與商業機構的合作，我們將這些公益解決方案整合到日常商品中，鼓勵商業機構透過銷售這些商品參與公益。

為什麼這種方式能有效解決問題？

通常而言，一般人參與公益有兩個主要障礙：

一、信息和信任：無法知道誰需要得到幫助，也無法確信求助者是否值得信任。

二、成本：參與過程成本過高。以為鄉村學校捐贈文具為例，用戶需要到文具店以零售價格購買文具，然後到郵局郵寄給學校，經濟上不划算不說，所花費的時間成本，遠遠高於文具本身的價值。

透過網路社區的協作，可以有效解決第一個問題。由於學校資訊均由無利益關係的用戶在實地探訪後提供，並且經過更多用戶的實地考察和補充，學校資訊和需求將更準確、翔實和客觀。而借助以用戶為中心的參與機制，我們鼓勵用戶以個人身分發起為學校募集物資的活動，並發動身邊的親朋好友參與（整個過程用戶不接觸任何資金和實物），這有效解決了信任的問題。

借助將公益方案整合到日常商品中，用戶在購買商品的同時也參與了公益，這使用戶的參與在資金上實現了「零成本」，而公益方案的執行將由專業團隊進行，從而實現了用戶參與時間的「零成本」。

而企業透過這樣的公益參與，提升了自身的品牌形象，並透過網路社區的傳播和參與有效地降低了營銷成本，這使得它在支付了公益成本後仍能夠以通常的價格提供產品和服務。

這個模式我們在前兩年有所嘗試。在二〇〇七年，我們發起了雙子書項目，消費者每購買一本兒童圖書，我們就向鄉村學校同時捐贈一本。二〇〇九年五月，我們和成都市郵政局合作發行公益賀卡，消費者每購買一張賀卡，我們就向鄉村學校捐贈一本圖書。這些項目都收到了良好的效果，說明這個需求是廣泛存在的。

儘管我們才剛上路，但我相信，我們走在正確的路上，需要的，只是行動、耐心和不斷的完善。

公益賀卡頁面，用戶可以指定捐贈學校。

社會創業論壇的創立

謝家駒

幾位志同道合的熱心朋友，共同創辦社會創業論壇。

我作為一個已經退休的人，不害怕做事，但害怕參加組織，尤其不願意建立新的組織，因為感覺上要有長期承擔，並需要有魄力及毅力去讓組織成長及壯大。

最早有人提出要成立像「社會創業論壇」的組織，是在《社會創業家通訊》讀者的座談會上。通訊出版了幾期之後，便有讀者建議舉辦座談會，讓大家能聚會交流，我勉為其難地辦了兩次，反應完全出於意料之外，出席人數每次都有數十人，而且討論氣氛異常熱烈，反映大家對這個問題的濃厚興趣及關注。

在第二次的座談會上，已有出席者建議成立一個組織，以提供一個平台讓大家繼續交流及分享知識及經驗。我在會上很坦率地表示我的憂慮，覺得自己無心也無力創辦新的組織。但是與會者中有不少朋友，包括一些傑出的社會企業家，強烈表示有成立此組織的必要性及急切性，我反倒成為會上唯一有保留的聲音。最後我表示既然在座有這麼多人如此熱心，就讓我們一起來創造歷史吧！這就是「社會創業論壇」Hong Kong Social Entrepreneurship Forum（簡稱HKSEF）的起源。

■不一樣的「論壇」

所謂「論壇」，其實是一個招收會員的組織，在香港是以「有限公司」形式註冊，在法律上並非「慈善」組織，意思是說我們可以創造自己的收入，但若有盈利，要像普通公司一樣繳付利得稅；我們也可以接受捐款，但捐款人並不能享受稅務優惠待遇。我們希望可以透過會費及舉辦各種形式的活動（如論壇、課程、研討會、顧問服務、出版等）創造收入來維持論壇的獨立運作，不用附屬於任何團體。二〇〇八年初的創會會員有三十多人，二〇〇九年中，會員人數一百一十人，創會董事六人，全部都是義工，我們聘請了一家市場推廣公司擔當行政及秘書工作。

論壇的使命很清晰，就是發起並持續推動社會創業的公民運動（To create and sustain a civic movement of social entrepreneurship.）。

這裡有必要澄清幾個名詞。在香港、大陸及台灣，「社會企業」都是比較新的名詞。而且都是從英文翻譯過來的。這些名詞在英語世界中也是相當新的，而且大多未有統一的理解，翻譯過來後，意思更難以掌握，因而產生不少混淆。例如：

	香港譯法	台灣譯法	大陸譯法
Social enterprise	社會企業	社會企業	社會企業
Social entrepreneur	社會企業家	志工企業家	社會企業家
	社會創業者		
Social entrepreneurship	社會創業精神	社會企業精神	社會企業家精神

表面上，三地對於social enterprise 的翻譯看似一致，但事實上，由於三地的歷史、文化及公司法例上的差異，同樣稱作「社會企業」的組織在三地可能分別很大，我對大陸及台灣的情況所知有限，因此集

中討論香港的情況。

■香港的社會企業

香港的「社會企業」主要有兩大類：

一類是政府資助而由非營利團體主辦的「社會企業」，有些是正式成立一個附屬公司來經營，但更多是沒有成立公司，而只是作為一個項目來運作，只要這個項目是財務上獨立核算，政府便承認它是「社會企業」。

另一類是由私人創辦的社會企業，它們沒有接受政府資助，主要是靠自己提供產品或服務創造收入來達至持續經營。他們一般是以「有限公司」來註冊，少部分則註冊為「慈善團體」以方便接受捐款，但也不是所有社會企業都能夠申請到「慈善團體」地位的。

以數目上來說，前一類大約有兩百至三百（家），大多不能做到自負盈虧，政府的資助（通常為期兩年）用完後便要結束或另謀資金。

後一類的經營亦面對很大挑戰，像其他創業者一樣，不一定會成功達致持久經營，但比較上來說，機會會好一點。關鍵是這些企業有創業精神，開辦這些社會企業的人都是創業者，而不是受薪員工，他們有更大的決心、信心及魄力去面對市場的挑戰。

目前香港的公司法並沒有「社會企業」這個類別，所以不能從法律上界定一個企業是否為「社會企業」，一般都是「自稱」為社會企業，人家會看你的社會使命來判斷你是否稱得上是社會企業，所以確實存有灰色地帶。

創造突破

「社會創業論壇」的朋友們，一方面希望政府資助的社會企業能找出突破的經營模式，但他們深信香港社會企業發展的前途，主要是依靠私人創辦的社會企業，透過他們發揮創業精神，令社會企業達到所謂的雙重目標，即社會使命及持續經營。

「社會創業論壇」的第一個出版項目，便是編印了香港第一本關於社會企業創業者的專書：《新愚公移山：十個社會企業創業者的故事》（二〇〇七年十二月初版，二〇〇八年八月再版），介紹的全部都是沒有政府資助的社會企業。之後在二〇〇八年，又策劃出版了另外兩本關於社會企業的專書：《平凡創傳奇》（香港商務印書館，二〇〇八），介紹二十個英國社會創業者的傳奇故事，以及《香港社會企業妙點子》（香港商務印書館，二〇〇八），介紹另外十個香港的社會企業個案。

這就帶出了Social entrepreneur的角色。我們發覺，香港政府願意投放資源去支援社會企業發展，本來是件好事。但有關部門規定申請政府資助的社會企業專案，必須是非營利機構，那就大大忽略了創業者的重要性。通常一個非營利機構要先提交專案申請書，經過政府有關委員會審核，取得了同意後才會去物色專案負責人，且往往是由機構內調派人手去領導該專案，少部分則向外招聘專案經理；這樣一來，所謂「專案負責人」又如何有「創業精神」呢？就算有，也是很少數。結果是由「缺乏創業精神的人去負責創業」。

本來任何的創業嘗試，成功機會已不高，但是由沒有創業傾向的人去創業，即使拿到免費的資金，又會有多大成功的機會？

2007-08年，我策劃出版了《新愚公移山》、《平凡創傳奇》、《香港社會企業妙點子》三書。

■社會創業者

Entrepreneur這個字其實也不好翻譯。在香港至少有兩個不同的譯法：「企業家」、「創業者」。

今時今日在香港，我認為用「社會創業者」來翻譯Social entrepreneur比較適合，因為「社會企業家」給人的印象是已經有相當成就，達致了成「家」的地步。「社會創業者」則可以給人有點剛起步的印象，而且未必會成「家」的。

「社會創業論壇」是從英文Social Entrepreneurship Forum翻譯過來的。我們想突出我們要提倡的「社會創業精神」，而不是社會企業。有了社會創業精神，自然會有社會企業，但是拔苗助長地成立社會企業而忽視了社會創業精神，便有點本末倒置。

我們這些看法，不是來自什麼理論，而是觀察到世界各地及香港的經驗總結出來的。很明顯地，在香港成功的社會企業中，毫無例外地都是由傑出的社會創業者開拓出來的。

■《論壇》的基本信念

「社會創業論壇」是為香港的社會創業者及他們的支持者而設，這反映在我們的基本信念上。我們深信：

- 社會變遷（social change）固然是勢所必然，但能帶動社會進步（social progress）的變革更為難能可貴；
- 充滿朝氣及影響力的「公民部門」最能推動社會變革（所謂「公民部門」（citizen sector），有別於商營部門及公營部門，但可攜手合作）；
- 社會上愈多社會創業者，愈能令社會更健康發展；
- 並不是每一個人都可以成為社會創業者，但每一個人都可以參與推動社會創業運動。

這些信念，在論壇的活動中充分體現出來。透過我們種種不同形式的活動，會員中的社會創業者可以與更多的人分享他們的經驗及心得，一方面可以啟發更多的人投身這個新興的行業，另一方面可以得到更多的認同、鼓勵及支持。會員中未有直接參與社會企業工作的，也可以透過我們的活動了解更多的社會企業及社會創業者，不少主動地提供協助或當上社會企業的義工或顧問。

我們的入會資格十分寬鬆，以下三類人士都可以加入成為會員：

- 渴望了解及支持社會企業
- 社會創業者或有志成為社會創業者的人士

- 社會企業從業員

關鍵是公民運動

我們相信，唯有持久的公民運動（Civic Movement）才是推動社會創業最重要的力量。所以我們希望「社會創業論壇」的會員及力量可以日益龐大，在我們的刊物上，很明確地指出成為我們會員的好處，包括：

- 你將成為香港推動社會創業運動及支援網路的一分子
- 你可以參與我們定期的活動，分享香港及海外社會創業者的經驗及發展
- 與其他志同道合人士一起推動由公民社會倡導的社會變革
- 參與建立及使用我們的互聯網，為所有有興趣之人士提供資訊、啟發及投身社會創業的機會
- 能夠將你的所長及時間，為你心儀的社會企業做出貢獻
- 有機會到海外向世界級社會企業家取經
- 在一個充滿愛心而積極向前的社群，一起學習，互相支援，享受挑戰

歡迎你也加入我們的行列。詳情可參閱論壇的網站www.hksef.org

Chapter

05

Makes the public welfare also to make money

一個青年一個中年看世界趨勢

是社會企業，不是NGO

余志海

中國的NGO有多少家？據民政部的統計，截至二〇〇七年底，全國共有社會組織三十八萬七千個，這裡面包括了社會團體、民辦非企業單位和基金會。在這接近四十萬的民間組織中，除了部分民辦非企業組織外，大部分不屬於真正意義上的NGO。

而在另一方面，以上數字遠遠不能代表真實情況。事實上，大多數NGO、特別是草根NGO，是以工商註冊或者非註冊的形式存在著，據估測，註冊與非註冊的比例大概在一比十左右，也就是說，全國的NGO數量大概在三、四百萬之間。

這數量龐大的NGO，它們都在幹些什麼呢？

歷史最為久遠的應該算是環保類的NGO了，在國內知名的有「自然之友」、「地球村」等，它們都成立了有十年以上的歷史，可以說是國內NGO界的老前輩了。而國內的環保機構也進行了大量的倡導和政策影響工作，如二〇〇五年的怒江建壩事件、二十六度空調環保行動等，這些行動均擴大了環保在政策層面和公眾層面的影響力和參與度。

社會服務領域的NGO也非常多，知名的像「太陽村」，專門針對服刑人員子女提供服務；「慧靈」，為智障人士提供服務；「瓷娃娃」是為成骨不全症患者（脆骨症）服務的；而「一加一」是為失明人士提供廣播服務的。由於整個中國社會的飛速發展，許多弱勢群體得不到政府及時的服務，因此社會服務領域的NGO可以說是非常多元化，涉及到社會的方方面面。

隨著城市化進程的加速，為進城打工者提供服務的NGO在近幾年也如同雨後春筍般出現。知名的如「打工者之家」、「在行動」、「小小鳥」等，他們都有比較共同的特徵，就是發起人或主要的負責人自身就來自進城打工者群體，這使得這些組織非常貼近他們所服務的群體，不足之處就是組織的管理能力還有待提高。

還有就是教育類的NGO。教育，特別是農村教育，應該是大眾非常關注的話題。但在這個領域，專業的NGO反倒不如其他領域的多。一個獨特的景象是，這個領域的組織很多是志願者組織，甚至只是一個學校社團或者網站論壇，知名的像「希望之光」、「格桑花」、「燈塔計劃」等，都是主要由義工組成，往往沒有或者只在近一兩年才開始配備專職人員。這說明教育是個公眾願意關注和採取行動的領域，但如何實現專業化的服務，也是這個領域的組織需要思考和解決的問題。

除了這幾個大類別外，其他的像扶貧、婦女、農村發展、組織支援等領域都有為數眾多的NGO在提供服務，這裡就不一一列舉了。

值得一提的是，除了這些傳統的領域之外，近年來在NGO領域也出現了一些新的發展。

一個是網路公益領域。利用互聯網的力量，公民往往更容易實現資訊的傳播和成員之間的組織。這裡面有兩股力量，一股是傳統服務領域或組織的網路化，「多背一公斤」可算是這方面走得比較早的一員。而另一股力量則更自由、更靈活，但規模也更大，那就是網路對公眾事件的關注和影響，典型的案例包括廈門的PX事件，參與的市民透過互聯網和手機短信進行聯絡、動員，而這兩年的甕安事件、雲南躲貓貓事件、鄧玉嬌事件等等，莫不是透過網路的力量傳播了真相，並最終影響了當地政府的決策。

另一個現象是非公募基金會的興起。隨著企業家階層的出現，以及他們對於傳統國有基金會效率及公信力的不滿，越來越多的企業和企業家已經不滿足於光把錢捐出去，而是自己成立非公募的基金會，直接運作公益專案。目前國內大概有一千多家非公募基金會，知名的有「南都基金會」、「友成企業家扶貧基金會」等等。大部分非公募基金會背後常有企業的支持，因此資源不缺，缺的是專業的能力和開放合作的心態。

長不大的NGO

以上一番梳理，給人感覺是中國的NGO一派繁榮景象。但細細觀察，會發現一個很有趣的現象，那就是NGO往往長不大。中國大部分NGO的規模都很小，缺乏足夠的專職人員，相當部分甚至是純粹靠義工來支援。國內著名的NGO研究學者康曉光教授曾有個著名的「二十人，五百萬」的論斷，也就是說，國內的NGO很少有能突破二十名員工、五百萬專案費用的瓶頸，即使如上文提到的許多知名的NGO，也概莫能外。

這個現象的產生，固然有國內NGO整體能力有待提高的內因，但究其根本，還在於整體政策環境的不完善，而首當其衝的，當屬註冊困難的問題。

「一加一」是為失明人士提供廣播服務的社會性非政府組織

國內的民間組織管理採取雙重管理體制，一個民間組織先要獲得政府業務主管部門的同意，然後再到民政部門去登記。難就難在民間組織找不到政府業務主管部門「擔保」。原因很簡單：誰接收誰就得承擔責任。這不像工商局，公司註冊了要繳稅。而NGO的主管部門顯然沒有這樣的好處，剩下的只有風險：如果有一天它所主管的NGO在政治上觸礁了，它也要承擔領導責任。對於這樣只有風險沒有收益的事，自然沒有哪個政府部門願意做。

於是，註冊困難直接導致了許多NGO以工商形式註冊，或者乾脆不註冊，以非註冊組織的形式存在。這又引發了資金困難的問題。由於不是合法的NGO，首先無法進行募捐，而即使有企業或者個人願意捐贈，亦無法為捐贈者提供免稅發票，同時這筆收入還要繳稅。這種種不合理的制度都限制了NGO的籌資能力。

由於無法在國內方便地籌資，無奈之下的NGO把眼光轉向了國外的基金會。我們把這種現象稱之為「喝洋奶」，事實上，「洋奶」的確養活了一大批的NGO，許多有一定歷史的NGO，它們能走到今天，背後或多或少都有「洋奶」的幫助。

但是，「洋奶」是否就推動了國內NGO的發展呢？倒不見得。一方面是僧多粥少，奶媽有限而嗷嗷待哺的嬰兒卻無數；另一方面，即使是靠洋奶支持的NGO，就真的走出了「二十人，五百萬」的瓶頸了嗎？也不見得。事實上，洋奶只是讓喝到奶的NGO活了下來，卻無法讓它們成長。

■為什麼NGO無法成長？

我認為，這和NGO與基金會的合作機制有關。NGO與基金會的合作，一般採取項目制。在專案制的框架下，基金會提供的資金只用於NGO執行某個具體的專案，會有一定比例的行政費用，但基本不會留給NGO任何組織發展的費用。

如果一個組織沒有足夠的發展費用，那麼它就無法招募新員工、提供培訓，以及進行一些戰略性的創新工作。那麼，靠行政費用可以支援組織發展嗎？

別作夢了，行政費用能支持NGO活下去已經不錯了。一般而言，NGO項目的行政費用大概是百分之十左右，一般不會超過百分之二十。而一般NGO的專案都可以看作是一種服務，在商業領域工作過的人都知道，服務與產品生產的不同之處在於，服務不是連續的，是case by case的，同時它的產能不是固定的，與機構能夠爭取到的服務合同數量有關。

企業管理裡有一個總成本的概念。一個機構的成本（不管是商業公司還是NGO），除了它在專案上發生的直接成本外，還應包括項目外產生的成本，如空檔期（沒有項目時）的成本，以及那些因競標

（雖然失敗）而產生的成本等。

考慮到服務型項目的不穩定性，一般而言，服務類型的項目，不管是諮詢、培訓，還是廣告、公關，保持至少百分之四十至百分之五十的毛利率是必須的，否則項目根本沒有做的必要，純粹是浪費時間。

如果一個機構有強大而穩定的籌資能力，同時收入還能免稅，那麼它保持百分之十至百分之二十的行政成本是完全可以活得很好的。但國內的NGO以上的條件一個都不具備，於是便只好不停地向不同的基金會申請專案，對於這種以專案為中心到組織運作模式，國內著名的NGO人士梁曉燕女士有精彩的論述：「大家都埋頭在自己的項目裡，每天完成專案計劃書中的內容，慢慢整個組織的發展就圍繞著項目走了。而專案計劃書主要是圍繞著資金來源來制定的——資金從哪裡來，就跟從哪裡的要求。因為專案來自不同的資助方，專案要求也比較封閉、各自為政，所以專案之間往往缺乏內在關聯性，支離破碎。久而久之，就使得團隊的工作理念越來越不清晰、使命越來越模糊。」

到最後，一開始滿腔熱情要投入NGO改造世界的理想主義者，在經過幾年的「磨練」後，就變成了一人身兼幾個甚至十幾個項目、為項目疲於奔命的NGO「專業人士」，這的確是國內很多NGO從業人員的生存狀態。

對於這，那些以推動中國公民社會為口號的基金會，是不是也該反省一下呢？

這讓我想起了尤努斯博士對於孟加拉農村婦女生存狀態的描述：

她受苦是因為買那些竹子要花費五塔卡，而她沒有購買原材料所需的現金。結果，她只能在一個繃緊的迴圈中——從商人那借錢，並把東西賣回給他——維持生存。她的生活是一種受制約的勞作方式，或者乾脆說，就是奴役。那個商人算計得很精，只付給蘇菲亞只夠購買原材料和勉強活下去的錢。她無法掙脫被剝削的那種關係。要生存下去，她就只能透過那個商人繼續勞作下去。

這跟國內NGO的生存狀態何其類似！我們去服務弱勢群體，到最後居然落到了和弱勢群體一樣的地位，這就是我們想要的生活嗎？

如果看到了這個「未來」，我們還敢依靠那個「精明的商人」嗎？但是，如果不依靠，我們靠誰？

■社會企業進入中國

社會企業的出現，無疑為想改變世界的年輕人提供了另外一個選擇。儘管在二〇〇六年之前，國內就有一些對社會企業的倡導，但這個新生事物真正進入大眾的視線，則是在二〇〇六年。

這一年，發生了兩件事。一件是《如何改變世界》和《窮人的銀行家》（孟加拉鄉村銀行創始人尤努斯博士的自傳）的出版，使得公眾對社會企業家及社會企業開始有所了解，並且在ＮＧＯ圈內掀起了一番不小的學習熱潮。而第二件事則是當年的諾貝爾和平獎頒給了農民銀行和尤努斯博士，可以說，這真正使社會企業家和社會企業進入了主流視野，獲得了媒體、學界以及公眾的廣泛關注。

社會企業概念的引進無疑給了國內的ＮＧＯ們一個新的希望，透過商業運作產生收入，支持自身的生存和發展。一旦成功，就可以擺脫對基金會的依賴，將更多的精力投入到自身組織使命的實現上來，想想看，這個未來多麼美好！

但是，ＮＧＯ們準備好了嗎？

就我這幾年的觀察，可以說國內的ＮＧＯ對社會企業還算是有非常大的熱情，但真正運作起來，仍是心有餘而力不足。記得去年參加一個社會企業的研討會，上面有一個農民工食堂的社會企業的分享。這個食堂的初衷和理想無疑是非常讓人讚賞的，但坦白說，太不專業了：無牌照的經營、烏托邦式的目標、缺乏運營能力的團隊、對客戶需求的無知、錯誤的選址……幾乎就是一個商業失敗案例集。

這個機構的困境也是很多ＮＧＯ轉型社會企業的遭遇。總體來說，會有以下幾個方面的問題：

首先是缺乏商業運作的能力。很多ＮＧＯ轉型社會企業，只看到了它能為自己帶來收入，卻從沒考慮過必須面對的商業環境和商業競爭。我始終認為，商業就是商業，不管是叫公司，還是叫社會企業，不管使命多麼崇高，在日常運營中首先應該按照商業規則來運行。社會企業不是追求資金獨立的伊甸園，它同樣要面對激烈的競爭，以及需要和傳統NGO完全不同的運作能力。如果不具備這些能力，只是一廂情願地進入這個領域，只會落個血本無歸，還不如回去老老實實做個傳統的NGO。

其次是人才的欠缺，這可以說是問題的根源。一方面是人員的構成，NGO大多數是理想主義者，缺乏商業運作的經驗，無法駕馭社會企業運營中遇到的種種問題。去尋找有相關經驗的人才？NGO的低工資又很難吸引到真正優秀的人才，這可以說是一個死結。

當然，如果跳出這個圈子，我們會看到更

社會企業家技能培訓現場

多機會。上海非營利孵化器的負責人呂朝就提出過「尋找增量」的說法，意思是隨著國內公益事業的發展，會有更多的專業人士進入NGO行業，這部分的「增量」將是將來中國公益事業發展的中堅力量。

我認同這個說法，我相信，會有更多的社會企業不是從傳統NGO轉型而來，而是會由有社會責任感的商界人士創辦。到那時候，國內的社會企業將會更加繁榮，更加多元化。

■支持型機構的發展

說到社會企業，最後不得不提的是支持型機構的貢獻。

所謂「三軍未動，糧草先行」。國內的NGO和社會企業生存狀況都不太好，但支持型機構反而呈現一派欣欣向榮的景象。

這些機構，有NGO，有基金會，也有企業。

NPI公益組織發展中心（www.npi.org.cn）是支持型NGO裡面發展最快的，主要的業務是公益組織孵化器。它參照風險投資的商業孵化器概念，為初創和中小型的民間公益組織提供包括場地設備、能力建設、註冊協助和小額補貼等等方面的支持，以協助它們更快地「獨立」。NPI最早在上海建立孵化器，後來在北京、成都也開展了孵化器業務，目前已孵化和在孵化的機構超過了二十家，多背一公斤也是NPI最早孵化的機構之一。

「環球協力社」（glinet.org）主要透過知識的傳播來倡導社會企業家精神，核心服務是一個三國語言（中、日、英）的網站平台，在這一平台上，實踐者們可以展示他們的工作、成就和需求，同時也讓其他人從他們的故事中獲得靈感和鼓勵。環球協力社的出版物有《社會企業家的崛起》、《中國社會企業家》系列等。

「英國文化協會」（britishcouncil.org.cn）也進行了大量的社會創新及社會企業支持方面的嘗試，主要的工作包括英國社會創新研究、出版物的引進、每年一度的社會創新大會等。二○○九年開始，英國文化協會發起了全球性的社會企業家技能培訓項目（中國的合作夥伴是

南都基金會資助的第一所新公民學校，
北京市大興區知新公民學校開學典禮。

「友成基金會」和「南都基金會」），在中國首期為全國五十位潛在的社會企業家進行了深度的培訓，筆者也代表「多背一公斤」參與，並獲得了「成熟期專案組」的大獎。這個培訓還將繼續，計劃在二〇〇九年會在國內再培訓一百二十五名潛在的社會企業家。

說到社會企業家培訓，就要介紹上文所說的兩家基金會了。「友成企業家扶貧基金會」（youcheng.org）是中國大陸唯一一家由兩岸三地企業家共同發起的非公募基金會，英文的名字是China Social Entrepreneur Foundation，可見其著眼點。目前，友成除和BC及南都基金會合作進行社會企業家技能培訓外，也將準備在大學生社會企業家精神推廣方面進行嘗試。

南都基金會可以說是國內非公募基金會的先行者和領導者之一，它由前希望工程的操盤手徐永光先生掌舵，因此從一開始就具備了專業性和行業的戰略眼光。除了支持社會企業家培訓外，南都基金會也是目前國內少數幾家支援民間組織發展的非公募基金會之一，單在二〇〇八年四川大地震，南都基金會就在災後第一時間拿出了一千萬支援草根機構救災及重建的行政費用，國內目前還很少有機構有這樣的魄力。

最後，值得一提的是企業的參與。雖然受政策不明朗的限制，目前還沒有企業直接進行社會企業投資或資助，但是已經有些企業超越單純的向基金會捐款，而開始以公益創投的思路來選擇資助有創新性、有發展前景的公益組織。這裡面的一個樣板是「聯想」公司，從二〇〇八年開始，聯想建立公益創投基金，專門支援國內草根機構的發展。到目前為止，已經資助了兩批共二十七家機構，而「多背一公斤」是連續獲得該基金資助的四家機構之一。

在這些支援型機構的努力下，除了部分社企得到了實際的資金和能力支援，整個社會也更廣泛地認識到了社會企業這個新生事物。

Makes the public welfare also to make money

社會企業移風易俗

謝家駒

Chapter 05

我曾問自己，本書各章中，哪一章是最難寫而又最重要的，我的答案是本章。

我覺得它最重要，因為我希望幫助讀者深切了解及認同民間力量對推動社會進步的重要性，而社會企業是其中一股舉足輕重但並非唯一的力量。最難寫是因為要做到真真正正的深入淺出，不多說大理念、大道理，但又要作出令人信服的分析，正反映出寫這本書的挑戰。

具體來說，本章嘗試探討下列這些問題：

- 推動社會進步的最重要力量是什麼？
- NGO與社會企業有何不同？
- 他們在推動社會進步可以扮演什麼角色？
- 商界能否成為推動社會進步的動力？
- 在哪裡用力可以發揮最大的槓桿作用？

何謂社會進步

生活在這個繁囂不堪的資本主義社會的人，很多已經忘記什麼是社會進步。大多數人只顧溫飽、往上爬、千方百計累積財富、享受人生，才不管社會是否進步或者後退。政府的注意力往往只在經濟發展，經常掛在口邊的是「本地生產總值」（GDP）有多少增長，高增長便算是經濟蓬勃，低增長就是經濟衰退甚或萎縮。GDP用數據來表達，彷彿就能反映經濟狀況。然則社會發展又如何？我們沒有像GDP的數字參考，究竟社會是前進或後退，無從說起，一般人就乾脆不提。

其實以GDP作為經濟發展的指標，也是誤導性甚高。所謂本地生產總值是包括了一切經濟活動的交換價值，這些經濟活動包含了所有不同種類的產品及服務，不論它對社會究竟是否有益。企業著眼於最大的利潤，千方百計鼓勵消費，使得社會上充斥著不必要的消費。資本主義經濟的口號是「市民的責任就是消費」，把消費包裝成為神聖的任務，不消費反而好像是罪惡。我們的GDP有很大比重就是這些不必要的消費。

金融海嘯前後

我們姑且用金融海嘯前後的香港作一對比。

二〇〇八年底，香港受環球金融海嘯衝擊，一下子經濟「衰退」起來，季度GDP出現負增長，股市樓市突然出現大幅下挫，股市跌幅尤其厲害，比最近兩年高峰下挫超過百分之五十，大批股民與大富豪的資產皆大幅下降，市面一片蕭條景象，人人愁容滿面，彷彿世界末日。

對比一下一年之前，股市瘋狂上升、屢創新高，恆指反覆向上升至兩萬五千多點，市面一片亢奮，各種媒體爭相報導致富傳奇故事，一時之間「全民皆炒」，大學生連學費也不交，先把它放在股票市場賺一筆，反正拖欠學費也不會停課；連建築地盤工人也不務正業，發覺炒股票比開工更能賺錢。整個社會各行各業的人眼見炒業興盛，市民大眾感到難以抗拒引誘，就算不是自己也盡情投入，也難以收拾心情敬業樂業。同時間，消費市場亦極其旺盛，市面一片欣欣向榮，這個景象大家還記得吧！

金融海嘯前與後出現兩個景象，你究竟喜歡哪一個？

假若有人逼我只選擇一個，我寧願選擇金融海嘯出現後的一個。

理由很簡單，金融海嘯前的一兩年，環顧四周，耳邊經常聽見的都是如何賺快錢。記得當時與朋友飲茶、打球、聊天時，總不離這個話題，彷彿你不參與這個遊戲，就像是外星人一樣。不過，可幸地，我確實長期做過外星人，見怪不怪。

這令我不斷反思：我們社會是進步了還是後退了？抑或是根本無所謂什麼進步不進步？是否社會必然會這樣發展？香港如此，中國大陸又如何？是否也是不可抗拒的朝一個方向演變？果真如此，人類社會有什麼希望？

我就是不相信會這樣。社會是會變的，促使它變的因素很多，但人是可以有意識地影響社會發展的。

什麼人推動社會變革？

剛巧這時看到一本由兩位社會企業家寫的書，題目正好點出這個情況，書名就是：

The Power of Unreasonable People: How Social Entrepreneurs Create Markets that Change the World，由John Elkington and Pamela Hartigan 合著，哈佛大學出版社，二

本書題目正好點出：講理的人要求自己適應這個世界；不講理的人要改變世界來適應自己。

〇〇八年出版。這個主題的意念來自英國大文豪蕭伯納（George Bernard Shaw）的一句名言：

> 講理的人要求自己適應這個世界；不講理的人要改變世界來適應自己。所以，所有進步都有賴於不講理的人。

換句話說，所謂講理的人就是隨波逐流，不講理的人有他自己的價值觀，能夠力挽狂瀾，改變世界發展的方向。

推動社會進步的力量

現在返回本章首提出的問題，究竟推動社會進步的最重要力量是什麼？

自工業革命以來，推動社會發展有三股主要的力量，所謂三大部門：私營部門（Private Sector）、公營部門（Public Sector）以及公民部門（Citizen Sector）。

私營部門主要指私人企業，是經濟發展的火車頭。由於私人企業在追求利潤的誘因下，銳意運用新科技及不斷提高生產力，確實史無前例地大大提高了物質生活水準，縱使同時亦出現了尖銳的貧富懸殊，但一般人民的生活水準的確有顯著的提高。

私營部門的急劇發展，也催生各種尖銳的社會問題，導致政府要不斷膨脹來解決這些問題。公營部門在過去一百多年間，在不同國家中都大幅擴大，政府開支所佔國民總產值的比例也有飛躍性的增長。不少西方發達國家中，公營部門由二十世紀初期的低於百分之二十，發展到現在的百分之四十至百分之六十。公營部門的擴大，除了國防開支之外，主要是各種福利及社會措施的支出，以適應私營部門發展的需要，以及解決經濟發展帶來的種種社會問題。

一直以來，公民部門是相對力量微弱的部門。但是過去三十多年來，公民部門出現了天翻地覆的蛻變。世界各地的經驗顯示，私營部門及公營部門雖然力量龐大，但對於推動社會進步卻建樹不多，私營部門目光聚焦在利潤最大化上，近年來雖有部分企業嘗試履行「企業社會責任」，但多只是聊備一格，未成氣候，私營部門基本上並不著意推動社會進步。

公營部門往往限於政治考慮，充其量是解決了部分社會上嚴重的問題（例如貧窮、住屋、醫療衛生等），對推動社會健康發展表現得既無心又無力。有時勉強而為之，往往效果不顯著，甚或弄巧成拙。

唯獨是在公民部門中，出現了一些有心人士或組織，他們就像蕭伯納所說的「不願接受現實」、「不講理」，挺身而出，移風易俗，領導及推動社會更健康地發展。他們在不同領域中發揮作用，既有與私營部門及公營部門對抗，亦有創造性地借用他們的力量去推動社會變革。

公民部門的興起

公民部門的組織，一般就是所謂「非政府組織」（Non-government Organizations，N G Os），「志願團體」（Voluntary Organizations）等，它們大多是有「非營利團體」或「慈善團體」的法定地位，亦有些是以企業的身分來運作。

管理學一代宗師杜拉克（Peter F. Drucker）就曾指出，現代社會的進步，主要是靠這些公民組織的力量，正因如此，杜拉克後半生的事業，差不多全部放在推動公民組織的發展上。

在香港，非政府組織的歷史頗為悠久，最初多以慈善團體的形式出現，如東華三院、保良局等。每一個非政府組織的創辦，都有其特殊的社會使命，通常是針對一個特定的社會問題。創辦一個這樣的組織並不容易，一般是由一班出錢出力的熱心分子發起及創建，不只需要有創業精神，還得排除萬難。既要籌募經費，又要設計服務，招聘人手。受薪職員往往與義工一起奮鬥，才能把事業建立起來。換句話說，每一個非政府組織的創辦，確實一如創業般艱辛，而創辦人也往往真的擁有創業精神。

究竟香港目前有多少個非政府組織，相信很難準確統計，因為可能有不少組織成立了一段時間後便停止運作，卻不一定取消註冊。不過粗略估計，正常運作中的非政府組織也至少有數千個。事實上，香港政府所提供的社會福利服務，絕大部分是透過資助非政府組織向市民提供，因而不少非政府組織名義上雖非政府機構，但經費上卻以政府資助為最主要來源。

非政府組織中還有一個重大類別，可以叫做「倡議型」組織，例如自然教育基金、樂施會、宣明會、綠色和平、苗圃行動等。他們大都沒有接受政府資助，經費主要靠募捐得來，他們有著清晰的社會使命，希望透過種種形式的活動，喚起不同階層市民的關注，從而達到移風易俗的效果。這些組織都是由公民自發地組織及管理，完全沒有政府參與。他們亦獨立於商界，有時也會對政府提出批評及建議，同時也會技巧地借助他們的力量及資源，以達到教育及影響公眾的目的。可喜的是，近年來這類機構愈來愈多、參與的人數與日俱增，影響力也日漸顯著，是推動社會前進的一股重要力量。

在公民部門中另一股新興的力量，就是社會企業。在香港，這股力量只是在萌芽階段，可說是未成氣候，目前香港社會企業的數目仍然非常有限，不外乎數百家，但這股力量有機會迅速成長，發展成為一股舉足輕重的力量。在世界各地，亦已見這股力量的長足發展。在英國，已有百分之五的本地生產總值（GDP）由社會企業提供，美國對於社會企業的定義有異於英國，因此不能直接比較，但相信會在百分之一至二之間，且有每年穩步上升的趨勢。在一些個別的發展中國家，社會企業已形成一股重要的經濟力量。例如諾貝爾和平獎得主尤努斯（Muhammad Yunus）的「鄉村銀行」（Grameen Bank）所在地的孟加拉，社會企業儼然成為了國民經濟的重要構成部分，一方面不斷繼續發展，另一方面也為其他國家帶來重大的啟示及希望，令人對社會企業充滿無限憧憬。

說回香港，社會企業方興未艾，但在多個民間團體大力推動之下，已逐漸形成一個自發的民間運動，前途不可限量。

■社會企業的特點

現在略談一下社會企業與一般「非政府組織」或是「志願團體」的異同。

他們的共同點是極其明顯的：都是針對一個或一組社會議題或問題，嘗試調動各方面的力量來解決或舒緩這些問題，或是倡議一些嶄新的思維或方法，去面對及處理新或舊的社會問題。

這個共同點亦反映出他們的創辦者都是「不講理」、不接受不合理現實的人，有著推動社會進步的熱忱，有勇氣及魄力克服種種困難及障礙，把社會發展推前一步。

他們的不同之處，主要在經費來源上。社會企業會千方百計創造收入及利潤，讓機構能夠不需要依靠捐助或資助來長期運作。非政府組織或志願團體，通常都是依靠捐款或資助提供經費。這本來是無可厚非的，但相對於社會企業來說，他們的財務自主權便打了折扣。也正因如此，不少非政府組織也開始會尋求一些創造收入的途徑，減少對捐助及資助的依賴。

過去三十年來，在全世界範圍內，社會企業家已成為推動社會變革的一股重要力量。由於互聯網的普及，世界不同地方的社會企業家得以互相聯繫、互相學習、互相支援，大大地加速了他們的成長，亦讓他們充分感覺到自己是全球性社會創業運動的一員。

在香港，雖然只是處於起步階段，但這種感覺一樣異常真實且具重大鼓舞性，何況，香港亦不乏傑出的社會企業家，例如，長者安居服務協會的馬錦華，便在二〇〇九年被國際性機構Schwab Foundation推選為東亞地區的傑出社會企業家（二〇〇九 Social Entrepreneur of the Year – East Asia）；Ventures in Development的蘇芷君及喬婉珊亦屢獲國際殊榮，包括在二〇〇八年成為Echoing Green Fellow，蘇芷君更在二〇〇九年被世界經濟論壇（World Economic Forum）選為「年輕環球領袖」（Young Global Leader）；另一位本地的社會企業家張瑞霖亦在二〇〇九年被「愛創家」（Ashoka）委任為中國地區代表，「愛創家」是全世界推動社會創業最早及最具規模的機構。

這些例子，說明了香港推行社會企業的日子雖短，但亦已有不少傲人成就，反映出潛力無窮，任重道遠。

■再下一個三十年將會是民間力量

在大陸，有一個這樣的說法：立國的頭三十年，推動社會前進的力量主要是政府；接著的三十年是企業，再下一個三十年將會是民間力量。

在香港，我們一直太過迷信企業的力量，形成經濟掛帥、利潤掛帥；除此之外，我們也過分倚賴政府，好像什麼問題都要等政府來處理。時至今日，這些態度必須要徹底改變。企業的本質是唯利是圖，難以成為推動社會前進的主要力量；政府更非萬能，且已積弱難返，我們必須改變事事靠政府的心態。民間力量是推動社會前進的關鍵性力量，我們要珍惜及善用這股力量。民間力量中，社會企業是後起之秀，假以時日，肯定會成為一股足以移風易俗的力量。

尤努斯與鄉村銀行

Chapter

06

Makes the public welfare also to make money

我社會企業路上的啟蒙導師

窮人的銀行家尤努斯

余志海

二〇〇六年，我看了兩本書，第一本是《如何改變世界》，這在之前已經有所介紹。而第二本，是《窮人的銀行家》，這是孟加拉農民銀行創辦人尤努斯博士的自傳。

兩本書都對我走入社會企業的道路產生了巨大的影響，而風格又各自不同。如果說《如何改變世界》是一幅大寫意，波瀾壯闊地勾勒出整個社會企業領域的大圖景，那麼《窮人的銀行家》就是一幅工筆，為社會企業的研究和學習提供了足夠的細節。

尤努斯博士和他的農民銀行獲得了二〇〇六年的諾貝爾和平獎，他的故事因此流行於天下。

■窮人的銀行家

農民銀行起源於尤努斯博士一九七四年在孟加拉的一次鄉村訪問，身為大學經濟學教授的他，當看到孟加拉的農村婦女僅僅因為五塔卡的資金而陷入商人的剝削中，他震驚了：

我所教授的經濟理論對周遭生活沒有任何的反映，我怎麼能以經濟學的名義繼續給我的學生講授虛幻的故事呢？我想從學術生活中逃離，我需要從這些理論、從我的課本中逃離，去發現有關窮人生存的那種實實在在的經濟學。

接下來發生的，是現在人們已經耳熟能詳的故事。饑荒之後，一九七六年，尤努斯在吉大港附近的喬布拉村調查時發現，他只需要拿出二十七美元，就可以讓四十二個有貸款需求的窮人購買原料，操持小生意，也就能改變他們的命運！

尤努斯認識到，窮人無法得到貸款的權利；而這種權利，正是足以改變他們命運的關鍵。這一認識，使尤努斯的人生從此發生根本性的轉折。

一九七七年十月，尤努斯在吉大港喬布拉村創辦孟加拉農業銀行農民試驗分行。從此，尤努斯定義小額融資的兩個基本原則：其一，只對貧困人口貸款；其二，不須提供任何抵押和擔保。

一九七八年初，孟加拉中央銀行組織的「資助鄉村窮人」研討會後，尤努斯獲得孟加拉中央銀行提供的機會，著手在其他商業銀行中建立農民分行。

一九七九年六月，在孟加拉中央銀行的指示下，每一家國有銀行提供三家分行啟動鄉村銀行項目。尤努斯辭去教授職務，開始了銀行家生涯。

傳統銀行業難以解決讓窮人貸款的問題。原因在於：第一，窮人沒有抵押品；第二，單筆貸款金額較小，相應而言，放貸成本太高。農民模式的巨大貢獻，正如尤努斯在接受《財經》專訪時所說，在於獨創了一套讓窮人貸款的體系和技術，解決了上述兩大瓶頸，從而證明窮人也是可以被銀行接受的（bankable）。

農民銀行創立的小組聯保貸款、分期貸款、分期還款、中心會議等機制，有效地降低了交易成本和保證還款率。透過這些創新，農民銀行能夠到達底層貧困人口。這些做法，成為農民的經典模型，在其他國家和地區複製。

今天，農民銀行已經為兩百四十萬個孟加拉農村家庭提供了三十八億美元的貸款，有兩百五十多個機構在將近一百個國家裡基於農民模式運作，而農民銀行領導著這個以小額貸款消除貧困的席捲全球的運動。

■原來公益也可以商業化

尤努斯博士和農民銀行的故事，給了我許多啟示，而最讓我激動的一點是，原來公益也可以商業化運作！

在傳統ＮＧＯ的視野裡，商業不僅與公益無關，甚至還是公益的敵人。的確，商業的過度發展給我們帶來了許多困擾，包括環境問題、勞工問題、貧窮問題等，莫不與商業公司的利潤至上、罔顧社區利益的思維有關。但是簡單地把公益和商業對立起來，只是畫地為牢，限制了自己的視野。事實上，商業社會發展了幾百年，它的許多思維和方法是完全可以借鑑的。

扶貧可以說是一個非常傳統的慈善領域，傳統的方法往往是為貧困人群給予直接的資助，但這樣常會助長受助人的依賴心理。記得我聽過這樣一個故事：大陸一個縣要扶貧，政府給當地農民發錢，結果他們拿去賭，給他們送豬，本意是讓他們養豬致富，可是當地農民二話不說就把豬宰了來吃。問他們為什麼不把豬養大了賺更多的錢，他們說：「反正政府年年都會扶貧，豬沒了明年還會照樣給的，不怕！」

這就是好心辦壞事的典型。由於缺乏一個有效的資金循環模式，扶貧機構只能不斷地向貧困人口「輸血」，而這種輸血式的扶貧往往無法發揮貧困人口的積極性，反而會讓他們形成「越窮給的錢越多」的心理，從而產生「越扶越貧」的惡果。

尤努斯博士透過農民銀行的實踐，清楚地告訴我們，透過設計合理的商業化運作，不僅可以實現組織的可持續經營，最終發展成一個全球性的運動，並且可以激發貧困人口的熱情和能力，讓他們真正實現脫貧致富。而在這裡面，一個良好商業模式的設計和執行就顯得尤為重要。

農民銀行的商業模式很簡單：把小額資金貸款給貧困婦女，並收取一定的利息作為收入，支持銀行的營運和發展。

這麼簡單而且可持續的商業模式，為什麼傳統銀行不去做呢？這裡面有兩個主要的原因：

首先是認知上的原因，傳統銀行認為貧困人群沒有資產，所以是不值得信任的。銀行害怕窮人借錢不還，於是透過財產抵押和複雜的申請流程等方法去限制貧困人群的貸款。尤努斯博士破除了這個迷信，他堅信，因為窮人不容易獲得貸款，所以他們才會珍惜得來不易的資金，並視為改變自己生活的唯一機會。事實證明，尤努斯的判斷是對的，農民銀行的還款率高達百分之九八・八九，遠超過一般的商業銀行。

其次是運作成本上的考量。對傳統銀行來說，貸款十萬給一個富人和貸款十元給一個窮人所需要的運作成本是一樣的，但這兩者給銀行帶來的利息收入顯然相差了一萬倍。而從傳統銀行的運作成本來看，十美元的貸款是肯定虧本的，這也是為什麼傳統銀行不肯從事小額貸款的重要原因。

那麼，農民銀行是如何解決這個問題的呢？

農民銀行在這方面可以說做了大量的努力，包括簡化流程、建立更本地化的團隊等，然而，最為人們津津樂道的，就是它的五人小組模式。

在農民銀行，每五個貸款者構成一個「小組」，每八個小組又構成一個「中心」。一個小組中的五名成員，通常都是同一個村的，他們都必須參加農民銀行至少七天的培訓，並單獨參加考試，全部通過後，才能獲得貸款。如果有一個人不能通過考試，則整個小組都無法獲得貸款。這種辦法，被認為有助於讓那些有上進心的窮人得到幫助。

如果這個小組的每個成員都按時歸還貸款，他們的信貸額度就會增加，可以獲得更多貸款；相反，如果有人不按時還款，整個小組成員的信貸額度都將降低，直至取消貸款權。

這種「五人小組制」的辦法，使原來由銀行承擔的壞帳風險，轉由五人小組集體承擔，這對提高還貸率起了很好的作用。當有人無法還款時，小組中的其他成員們常常會主動地幫助他——因為他們不希望因此而影響自己的信貸額度，甚至被停止貸款。

五人小組形成了一種強有力的激勵，使貸款者互相幫助解決問題，並且——甚至更為重要的是——預防問題的出現。

雖然貸款者向農民銀行貸款不需要抵押物，但是五人小組的存在，使得鄰里間的社會道德約束成為最佳的抵押品，而且比食物和金錢抵押都更有效。

第一次看到五人小組的方案，我對尤努斯博士簡直佩服得五體投地！居然有這麼一種巧妙的方法，可以降低銀行自身的風險和運作成本，同時還能激發貸款者的創造性和團隊精神！

我們不缺善意也不缺創意，缺的是如何把善意和創意變成一個實實在在的產品或服務，為需要的人解決實實在在的問題。

從慈善到社會企業

尤努斯博士和農民銀行的故事，讓我開始反思傳統慈善的不足，且讓我從自己經歷過的一個故事說起：

朋友做義工的福利院，有一些殘障的兒童，要動手術，很貴。通常的做法是透過慈善來解決，募捐醫療費用、解決病患問題。然而，中國的殘障患者這麼多，靠慈善能解決多少問題？

還是如尤努斯所說的：

最通常的情況是，我們利用慈善來迴避對這個問題的認識，與爲它找到一個解決辦法。慈善變成了我們擺脫責任的一種方法。但是慈善並不是解決貧困問題的辦法，只是首先透過採取遠離窮人的行動而使貧困長存，慈善使我們得以繼續過我們自己的生活，而不是爲窮人的生活擔憂，慈善平息我們的良知。（《窮人的銀行家》）

看到的「慈善」活動和「慈善」行為越多，越認同尤努斯所說。「慈善」告訴我們，因為「愛心」的存在，世界已經變好了。而實際上，世界只是在「慈善」惠及的那一小部分變好了，而更大的部分，卻是越來越糟。

這不過是一種欺騙，既騙人也騙自己。就如同尤努斯所說：平息我們的良知。

聖人不死，大盜不止。貧窮和疾病是大盜，而慈善就是這個所謂的「聖人」。

因為「慈善」背後的世界觀，是認為受助的對象是弱勢的、被動的，甚至是沒有任何能力的。他們需要慈善的救助，而慈善也透過救助滿足了自己的善良。在「慈善」這種溫存的表明背後，其實是殘酷的歧視。這種非人道的世界觀，不可能解決真正的問題。

即使不考慮任何的世界觀問題，單從方法論來考察，主流的「慈善」活動也是愚蠢、笨拙、效率極低的。它只採用一種單純的投入，以一種頭痛醫頭的短視去治療問題，而從來忽略問題背後的系統。

什麼才是問題背後的系統？還是以殘障為例。目前殘障的治療費用非常高昂，那麼，能否讓治療費用降低，變得讓大多數普通人都可以負擔呢？如果這一點能變為現實，相信要比所有的慈善都更有意義。因為它給了窮人一種信心，他們可以憑藉自己的能力戰勝困難，而不是坐等外界的施捨。有這樣一個例子。

在美國，白內障手術的費用可達兩千五百至三千美元，第三世界的窮人根本無力承擔這樣的費用。

印度的阿爾文公司，每年卻用世界最先進的技術為當地患者施行二十萬次以上的白內障手術，價格僅為五十至三百美元之間（所有費用）。這些手術中，百分之六十的患者接受的是免費手術。但即使只向百分之四十的患者收取看起來很低的手術費用，阿爾文醫院的利潤同樣豐厚。因為透過創新的產品和優秀的流程管理，阿爾文醫院大大降低了手術成本，平均一次不足二十五美元。

自然，這需要更多的嘗試、更多的創新、更多的投入，而不僅僅是簡單地把錢扔出去。但我相信，這代表了一個更美好的未來。

Makes the public welfare also to make money

就業智囊海哲信

謝家駒

我能夠認識海哲信（Vivian Hutchinson）是我的福氣。

海哲信是紐西蘭人，長期居住在紐西蘭北島西邊的一個大城市新普利茅斯（New Plymouth，這個城市二〇〇三年起與雲南昆明結為「姊妹城市」）。他可以說是紐西蘭最出名的社會企業家，但他的事業與一般社會企業家又大大不同（至少他並沒有創辦任何社會企業）。

我認識海哲信的經歷，可說是偶然，也可說是必然。說是偶然，是因為沒有人介紹我認識他。我是在網上找尋關於紐西蘭社會企業家時看到關於他的資料。說是必然，是因為他在紐西蘭太出名了，任何人（包括外地人）若要多了解這一領域的人與事，都肯定會接觸到他。

我便是在搜尋器用英文打上「紐西蘭社會企業家」，第一個結果便是他。我在網上閱讀到大量關於他的資料，然後便寫電郵給他，再專程到新普利茅斯與他見面。他的辦公室就在他住所的車庫，真真正正是「家居辦公室」（home office），他和他的助手就在那裡辦公。這個由車庫改裝的辦公室全無隔間，中間有幾張沙發，亦可以舉行小型會議，據他說，他一生事業中很多重大決定，就是在這車庫中拍板。

據海哲信自己表示，對他影響最深的一個人，是路易・艾黎（Rewi Alley）。艾黎是紐西蘭人，長期在中國生活及工作，是傑出的工運領袖、教育家、作家、社會改革者，也是極少數成為中國共產黨黨員的外國人。

■創業培訓始祖

海哲信早期的工作是與培訓有關的，他專長設計及主持就業培訓及創業培訓，主要服務對象是年輕人。他亦是紐西蘭首個為失業人士而設計的營商培訓計劃的設計者。這個計劃名為「營商之道」（Skills of Enterprise），最早在新普利茅斯舉辦，後來由於成效顯著，中央政府在全國範圍內廣泛採用，把它改名為「自己當老闆」（Be Your Own Boss）。亦因為這個計劃，海哲信成為了全國知名的創業培訓專家。接著他開拓了多項創業支援計劃，為參加培訓課程的學員提供「一條龍」服務，提高他們成功創業及持續發展的機會。

紐西蘭社會企業家海哲信

不過，海哲信對紐西蘭社會的最大貢獻，這時還未出現。海哲信關心失業問題，所以用了很多的精力及心思開拓就業及創業計劃。但在這個時期的紐西蘭，卻面對前所未有的失業問題，例如在八〇年代後期，失業率經常徘徊在百分之十附近，是開國多年從未見過的現象。

在這期間，西方經濟發達國家亦面對同樣困局，國民總體生產雖有顯著增長，但失業率亦高企不下，失業大軍與日俱增，多個西歐國家的失業率經常維持在二位數之上。

事實上，當時世界經濟體系中出現三大趨勢對就業情況有深遠影響：

一、製造業職位迅速下降，服務業職位急速上升。

二、新科技（包括自動化技術及資訊科技）令大量傳統職位減少。

三、經濟發達國家中大量職位流向發展中國家（當然包括中國）。

這幾個大趨勢交織下，經濟發達國家的失業情況似乎只有日趨惡化，而無改善的跡象。

紐西蘭首個為失業人士而設計的營商培訓計劃

對海哲信來說，這是紐西蘭社會面對的新挑戰。他一直在進行的就業及創業培訓計劃，服務對象主要是個人，現在社會要面對的是結構性的問題，不能單從個人層次去解決。

■就業智囊團

海哲信開始轉移他的視線，把焦點放在整個社會的就業問題上。他和一班志同道合的朋友，創辦了「就業研究信託基金會」（Jobs Research Trust）。這個基金會有點像智囊團（Think Tank），主要是深入研究就業與失業的社會問題，從而倡議解決的方法。但它卻不像一般的智囊團「關門做研究」的模式，而是開拓了一條「深入研究」與「廣泛參與」相結合的道路。

具體的形式，是由一班專家深入探討問題，然後將研究結果用深入淺出的文字與廣泛的有心、有權、有地位的人士分享，鼓勵他們參與討論，提意見，以及共同制定行動方案。這看似很理想化，難得的是它確實是用這個方式來運作，而且創造出難以想像的良好效果。

■《就業通訊》大放異彩

基金會每兩至三星期出版一份《就業通訊》（The Jobs Letter），用淺白的文字介紹關於就業問題的趨勢、研究成果及行動建議。讀者對象是商界人士、政府官員、社區領袖、志願組織負責人、學者等，全部都是有能力影響就業情況的人士。

海哲信是創刊編輯，由一九九四年到二〇〇六年停刊時他都是擔任主編。這份《通訊》成了紐西蘭歷史上最具影響力的刊物，因為它創造了一個知識平台，讓眾多可以參與改善就業情況的人一起探討、分享、提高認識及共同行動。

《通訊》探討過很多尖銳的問題，包括：

全民就業是否可能——抑或必然要接受相當數目的失業率？當時的情況，是失業率高居在百分之十，且有愈來愈嚴重的趨勢，政府及商界卻認為必須接受一定程度的失業率。如百分之五至六，那麼究竟應是多高？「零失業率」是否完全不可能？《通訊》的主流意見，是「零失業率」是可能的，至少應是一切努力的目標。

工作對現代人的意義——為什麼一定要有工作？除了謀生之外，工作在現代社會還有什麼意義？

青年就業與失業——當時青年人失業率特別偏高，達百分之二十五至五十，有些地區更超過百分之四十，如何保證所有青年人都有就業或就學的機會？這是否為他們應有的權利？

如何創造新的就業機會——這是最尖銳及影響深遠的問題。紐西蘭以農立國，但農業吸納的就業人口相當有限，加上機械化程度愈來愈高，所需人手更相對減少。製造業差不多全部不能生存，因為競爭不過發展中國家。服務業雖說有所增長，但不能吸納這麼多失業人口。經過長時間的討論、辯論及爭論，最後《通訊》總結了一個重要的共識，就是日後就業機會的產生主要靠兩個大方向：

一、Treat our people better

二、Treat our earth better

■有普世意義的啟示

以上兩句話譯成中文是：

- 對待我們大家好一點
- 對待自然環境好一點

海哲信與他的同道者，在九〇年代中期提出這種思想，可說極具前瞻性。

簡單地說，他們認為創造就業機會不能單純靠增加政府開支，或是鼓勵商界不裁員，或是大力吸引外資，或是減稅以增加消費及投資。這些做法在某些環境下是可以有點效用，但歸根究柢，他們認為整個社會要有一個「模式轉移」（Paradigm Shift），包括改變一些固有的價值觀念。

所謂「對待我們大家好一點」，是指想辦法為社會上不同需要的人提供多一點有益的服務。例如，可以為長者提供更好的照顧，為兒童提供更好的教育，為青年人提供多些培訓，為社會大眾提供更好的醫療、休閒措施等。這些全部都可以創造很多的就業機會。

所謂「對待自然環境好一點」，意思就是多做點與保護及改善自然環境有關的工作。包括環境保護、改善自然生態、回收廢物循環再用等。也可以帶動無限商機，增加就業。

這兩個提議還有兩項重要意義：

第一，就是對資本主義制度盲目追求利潤、無限度消費、無節制生產的一種否定。它沒有否定資本主義制度本身，但反對資本主義過度發展。

第二，以上兩大類的工作創造出來就業機會，基本上全部都是由本地人而設的，不會被「輸出」或「外判」到其他國家，這樣才能夠持續地提供大量工作機會給本地人享用。

■創造就業工作組

九〇年代初，紐西蘭的失業情況嚴重到成為社會上的首要問題，當時的首相委任了一個極高層次的工作組，名為「首相創造就業工作組」（Prime Ministerial Task Force on Employment），成員都是知名學者、

The Jobs Letter

No. 1 26 September 1994 *Essential Information on an Essential Issue*

KEY

COUNCIL MAINTENANCE
LABOUR POLICIES
JOB ACTION
CHANGES TO POLYTECHS
ANGLICAN, ALLIANCE AND EMPLOYERS SUBMISSIONS TO TASKFORCE
EQUITY BILL
A SPECIAL UNDERCLASS

DIARY

5 September 1994

Community Employment Group offers to pay up to $50,000 to each commuity effected by the Weddell closures to help establish and run support centres.

8 September 1994

Big increase in number of long-term unemployed announced.

Alliance releases its submission to the Employment Taskforce.

9 September 1994

Reserve Bank predicts unemployment rate falling to 7.9% by March 95 and 7.6% by March 1996.

10 September 1994

Fast Advice. Income Support Service opens a "drive-in" information desk for beneficiaries (with cars) in Auckland.

13 September 1994

1000 Telecom workers were sent letters asking them to ponder redeployment as part of another round of restructuring.

PPTA predicts 300 secondary school teaching jobs will be scrapped because of falling rolls and administrative changes.

Redundant Weddell workers told by Income Support Service there will be no flexibility over stand-down periods and conditions governing special needs grants for the laid-off workers.

- Some obvious **job creation opportunities** go begging. Many councils around the country are delaying urgent work on their essential infrastructure such as sewerage , water systems and roading. Auditor-General Jeff Chapman warns of an imminent collapse in essential services. Chapman tells the Dominion : " I am aware of several major **timebombs** around NZ ... instances where councils will be up for many millions of dollars to prevent the collapse of their infrastructure. " At present no-one knows exactly how much deferred maintenance there is within the local government infrastructure, and this information is crucial to future planning.

- A $1.6 million scheme has started in South Auckland to employ 42 unemployed people - half of them state housing tenants - to **refurbish and redecorate 3000 Housing New Zealand homes** on Otara and Papatoetoe. The pilot scheme was set up by Hawkins Construction in partnership with Housing New Zealand and the Employment Service, and was specifically developed to employ locals. Trainees receive on-the-job training in wall-papering and painting and earn $7-9 an hour depending on skills and experience. Margo Staunton NZ Herald.

- Labour is soon to release its **new platform of economic policies.** Michael Cullen says it will have four basic aims : full employment, higher real incomes, more equitable distribution of income and sustainable economic development. It plans to radically change its tax policies for high earners. Signal : **The wealthy to pay more.**

  Predictions on the detail of Labour's economic policies. Family Support : boost payments for the poor, Company tax : no change, Entertainment taxes : abolished, GST : No change, Training Levies on employers : to be introduced and made compulsory, Death duties : re-introducing an inheritance tax for those leaving assets above $500,000, Venture Capital : a fund of up to $300 million established.

- **Foodbanks** should close their voluntary services until government restores benefits to a level people could live on. This was the message from Sue Bradford and protesters outside an Auckland conference of foodbank co-ordinators. Bradford argues that **foodbanks have become a new arm of social policy implementation** which the government doesn't have to pay for. There are now 130 foodbanks in Auckland distributing $21 million in food this year. The foodbank co-ordinators told Peter Gresham that his department's offices are referring their "customers" to this relatively new source of relief for New Zealanders who have fallen through the cracks of the new economy.

- The Employment Service is hoping that its new programme **Job Action** will help it focus on the needs of the long-term unemployed. The programme provides an interview followed up by a one-week workshop to help the person produce **a job-hunting plan**. It is being piloted in several centres at the moment, and will be available nationwide by the end of May next year.

The Jobs Letter : ESSENTIAL INFORMATION and MEDIA WATCH on JOBS
EMPLOYMENT, UNEMPLOYMENT, the FUTURE of WORK, and related EDUCATION and ECONOMIC issues
The Jobs Letter , P.O.Box 428, New Plymouth, New Zealand. Phone 06-753-4434, Fax 06-758-3928.

《就業通訊》用淺白的文字介紹關於就業問題的趨勢、研究成果及行動建議。

大商家、社區領袖、政壇重量級人物等，希望能找出切實可行的方法，徹底解決就業問題。結果用了兩年時間，大張旗鼓地進行研究調查，並出版了一本厚厚的報告書，羅列了共一百二十項的行動建議。

其中最令人矚目的是刻劃了紐西蘭的就業目標，期望到二〇〇〇年，沒有一個紐西蘭人會超過六個月沒有工作或參加培訓，差不多就是「零失業率」的目標。

結果證明是「雷聲大，雨點小」。過了幾年，失業情況毫無改善，且有更趨嚴重的趨勢。就在這個時候，海哲信提出了另一個大膽構思，建議成立一個由各大小城市的市長組成的「市長創造就業工作組」（Mayors Taskforce for Jobs），因為他深信在地區上，市長掌握最多的資訊及資源，並能領導社區的各界人士，動員整體力量來創造就業。

他的建議首先獲得新普利茅斯的市長回應。其後多個城市陸續加入，第一年已組織了二十六個大小城市的市長參與，海哲信擔任了這個工作組的召集人及促導員。

這個工作組能夠迅速成立及展開工作，主要是由多年來《就業通訊》在社會形成的多項共識。工作組很快便採取多項行動，在不同的城市分別進行。海哲信繼續運用《通訊》來報導進展，分享先進經驗，並因此逐步吸引更多市長參加工作組的行列，最後全國百分之九十六的市長都成為了工作組的成員。這個模式的行動，在紐西蘭是破天荒的創舉，整個過程中海哲信發揮著策劃、指導、支持、鼓勵的角色。

記得有一次，海哲信在一個國際研討會分享這個經驗的時候，一位來自澳洲的參加者聽過他的介紹後向他說：「你所做的事很有意義，簡直是難以相信，請問你當時的身分是什麼？」海哲信答道：「市民」。這也許就是社會企業家的最高境界！

■成就傲人

究竟《通訊》及「工作組」最後成效如何？《通訊》於一九九四年創刊，二〇〇六年九月宣佈停刊，最後一期是一個特輯，主題就是：我們達到什麼成果？我們學了些什麼？未來的挑戰為何？

一九九三年紐西蘭的失業率為百分之九・五，到了二〇〇六年，降至百分之三・六，為前所未有的新低。在「市長創造就業工作組」活動期間（一九九九－二〇〇六年），領取失業救濟金的人數降低了百分之七十四。一九九四年至二〇〇六年間，一共創造了五十二萬個新職位，相當於總就業人數的三分之一。這些傲人的成就，在經濟發達國家可謂絕無僅有。

■最傑出的社會企業家

在絕大多數國家中，通常都很難說誰是最負盛名的社會企業家，因為通常都沒有這方面的排名表，也犯不著有。但在紐西蘭，若說海哲信是知名度及影響力最高的社會企業家，大概不會有人提出異議。

其中一個佐證是：二〇〇五年，紐西蘭一批商界領袖打算組織一個New Zealand Social Entrepreneur Fellowship（Fellowship一詞很難翻譯，它不是聯誼會、協會、團體等，有點像宗教組織的團契），希望在全國物色十五位傑出社會企業家成為創業會員。他們找了海哲信負責做研究調查，在全國物色這十五人，海哲信用了兩年時間，明查暗訪，推薦了十五位社會企業家。最後的結果，海哲信亦是其中一位，並成為這個Fellowship唯一的受薪職員，負責統籌整個組織的運作及發展。

開宗明義，這個組織的目的包括：

1.讓傑出的社會企業家互相切磋，交流經驗，以期擦出火花讓大家的工作做得更好、影響更深；

2.探索新的途徑、鼓勵及支持更多社會創新；

3.栽培及支持下一代的社會企業家。

這個組織每年舉行兩次大會，讓成員可以在無壓力的情況下交流、反省、討論、探索。海哲信的角色舉足輕重，既要做聯絡、組織等實務工作，更重要的是設計及引導交流的方式，以期產生最大的效用。此外，更要調動社會資源，支持這些社會企業家進一步發展他們的事業。

我首次與他見面時，這個組織剛成立不久，他正在籌備第一次的大會。

■幾點啟示

我從海哲信身上得到很多啟示，包括：

1.不要把「社會企業家」的概念僵化——任何人運用嶄新的方法及途徑去解決社會上尖銳的問題，都稱得上是社會企業家。

2.社會企業家一定要「入世」——特別是要懂得調動及運用社會上各方面的人才及資源，來應付我們現代社會愈來愈具挑戰性的社會問題。

3.文字媒介可以產生巨大作用——海哲信最初出版的《就業通訊》，是在互聯網出現之前，需要印刷然後郵寄出去，二〇〇〇年開始才有電子版，但無論是什麼媒體，關鍵的是內容，有打動人心的內容才可以發揮移風易俗的作用。

4.道德力量的感染力——海哲信能夠成功催生及促導市長創業組的工作，一方面有賴《就業通訊》長期默默耕耘以專業知識去營造社會共識，更關鍵的是他的道德力量所發揮的感染力，打動了所有與他接觸的人。

5.不斷創新的重要性——海哲信的事業經歷了多個轉捩點，他不斷學習、不斷嘗試、不斷創新，真的是做到老、學到老。

6.以身教感染他人——我與海哲信見面時間一共不足兩小時，電郵也不超過十封，但他對我的啟發，可說是既深且遠，實在是難得的良師益友（mentor）。

Chapter

07

Makes the public welfare also to make money

令人感動的社會企業

World of Good、Shokay、欣耕工坊

余志海

從事社會企業後，我也開始關注這個行業的發展，開始了解許多不同領域、不同類型社會企業的運作情況。從他們身上，除了能學習到許多社會企業的運作模式、運作方法外，社會企業家的個人經歷、他所表現出來的遠見和執著，都給了我許多的啟發。

在當今社會，社會企業可謂風雲四起，方興未艾，要系統地介紹他們，就算本書的容量增加十倍，亦難以勝任。故此，筆者只能從國際、香港及大陸眾多的社會企業中各挑選一家，略做介紹，讓讀者可一睹這些社會企業的風采。

這三家社會企業分別是：

美國：World of Good

香港：Shokay

大陸：欣耕工坊

■World of Good

World of Good（www.worldofgood.com）是美國這幾年比較成功、吸引很多人目光的一個社會企業。它是第一個以社會企業面世，但被商業創業競賽（加州大學柏克萊分校商學院）看中的公司，因為它有足夠的理由取得商業成功。

公司在二〇〇四年由兩個柏克萊商學院的學生創立，取得競賽成功，並得到風險投資。創始人Priya是位在美國長大的印度裔女孩。她當年想透過自己的努力在全世界範圍內提高婦女的生活水平。在考察過程中發現第三世界裡很多低收入婦女依靠手工製品生存，而這些產品很可能出口美國。但因為她們在社會中地位低下，沒有組織、營銷和談判能力，最後在整個供應鏈中利潤分享很低。

World of Good做的事就是替代供應鏈中的中間商。它和世界各地的非營利組織合作，由他們在當地組織手工藝者供貨。而World of Good把這些產品賣給美國各種銷售渠道。常見的渠道包括健康食品連鎖店、高檔食品連鎖店、獨立書店（包括大學書店）、連鎖書店、瑜伽館、理髮店、SPA、園藝中心、機場商店、博物館、花店等。可以看到，World of Good走的是偏高檔、獨立特色路線，它吸引的顧客是一群受過良好教育、收入良好、品味獨特又充滿愛心的人群，而這種人在美國並不缺乏，而且越來越多。

看一下World of Good的產品，主要包括首飾、圍巾、手袋、廚房餐廳用品（碗、籃子、餐桌布等）、書籤、日記本、蠟燭台。產品的價格並不高，和美國相似產品的價格差不多。我可以看出這些產品為什麼具有吸引力了：

1. 不超出市場的價格

這並不會讓買家有負擔，不會因為做好事而要增加生活開支。

2. 產品漂亮有個性

在美國，因為人工貴、手工製品很貴，所以一般產品都是工業化的，很難找到獨特的感覺。而World of Good的產品全部是手工製品，再加上來自異域的設計，雖然在生產當地可能很普通、很鄉土，但在美國看起來就充滿了個性和時尚。這些產品近些年已經被大零售商逐漸介紹到美國，一般都很受歡迎。但是大零售商主要需要做工業化的產品，所以手工產品只作為補充。並且，大零售商並不在乎第三世界勞動婦女的利益，所以利潤並沒有能幫到勞動者，而是讓中間商賺取了。

3. 又做好事

每個World of Good的產品都有一個標牌，介紹生產這個產品的小組的情況。World of Good保證這些勞動者得到市場正常工資。要不然在很多發展中國家，同工作的婦女的工資比男性低百分之三十，並且勞動婦女往往被原先的中間商壓得沒有多少回報。每年World of Good捐出百分之十的純利潤給它的非營利姊妹組織。這些資金用來執行幫助勞動婦女保證公正工資、提高生活質量的項目。

二〇〇六年是它正規營運的第一年，World of Good共售出超過十萬件手工製品。這些產品來自三十一個國家的一百三十三個小團體的兩千五百名手工藝者。手工藝者包括柬埔寨的殘疾人、非洲的HIV陽性的婦女等。百分之六十至七十的手工藝者是婦女。這些手工藝者背後有一萬多被供養的家人。

原本的一些「做好事」組織（慈善、非營利、公益等）都要

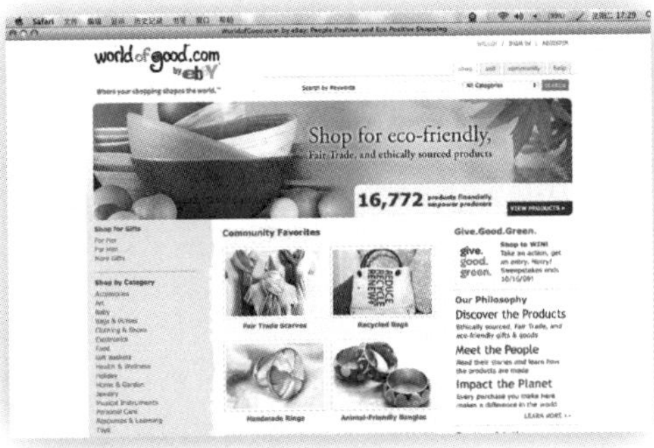

World of Good 的網頁

求參與者「多」給出些東西來幫助弱勢群體，比如捐錢、捐物、志願時間、比如買比市場價更貴的產品等。而弱勢群體大部分只是單純的受助對象。公益組織在中間也很吃力，要錢很費力，財力不足也很難發展。

而World of Good的運作模式就有突破性的發展：

- 購買者不需要付出超出市場價格的費用，就既滿足了自己的生活需求、又幫助了一些弱勢群體。
- 弱勢群體也不是坐吃等喝，而是付出了自己的勞動和技能，得到了公正的工資。
- World of Good夾在中間還能盈利，隨後捐出百分之十的純利潤進行非營利的項目（不用再去募捐）。

為什麼World of Good既可以幫助人又可以盈利呢？利潤空間來自哪裡？我認為，這是生產力發展的結果。這樣的運作也許十幾年前是不可能的，但現在可能。比如：

- 因為互聯網，讓World of Good能夠便宜地和全世界的非營利組織合作。因為能以低費用全球運作，所以可以踢開通常的中間供應鏈環節，利潤空間因此出現。
- 因為飛機票的便宜和溝通的方便，讓西方的很多人能出去旅遊，或透過各種形式了解世界，這樣形成了西方國家對世界文化和藝術的購買需求。

・因為美國經濟的發展和整個國民教育的高水平，造成一個很大的群體，他們願意做好事、願意看到世界更好。

■Shokay

Shokay在藏語裡是氂牛的意思，這是一家以氂牛絨作為主要產品的社會企業，發起人是來自香港的蘇芷君（Marie）和台灣的喬婉珊（Carol）。

二〇〇六年一月，蘇芷君和來自台灣的哈佛同學喬婉珊，計劃到中國雲南成立社會企業，幫助華西貧窮村落。在雲南中甸、香格里拉和迪慶藏族自治區，她們接觸到不少貧困藏民。蘇芷君說：「他們的資產只有氂牛，怎樣利用固有的資源幫助他們脫貧呢？我們希望能保存他們的傳統生活方式和文化，因此打算從氂牛著手。」

畢業後，蘇芷君和喬婉珊一同成立Ventures in

Shokay 的創辦人蘇芷君

Development（ViD）公司。ViD是非營利機構，資金來自捐款，其功能有如一個投資者。ViD企業部目前經營兩類生意——美香奶酪廠和Shokay品牌的氂牛絨產品。「假如我們能夠自給自足，長遠而言，就可以無須仰賴捐款。」

Shokay以社會企業的形式在藏區結合合作社，直接向農民收購牛絨，並加工製成具有獨特質感的手編針織品，行銷全球國際市場。例如：家飾、嬰兒服飾以及女性配件。目前，Shokay在青海的黑馬河鄉，已與當地的三百戶人家，成立了一個合作社經銷商。他們利用Shokay來親身體驗如何在中國的環境裡成為成功的社會企業家，並利用這些寶貴的經驗來扶持美香奶酪廠。

如果說World of Good的創新是平台創新，透過互聯網建立一個交易的平台，使得生產者可以直接面對消費者，減少中間環節，從而有機會獲得更多收入，那麼Shokay的創新就是產品創新：透過建立一個獨特的新產品來獲得更高的價格，從而來幫助生產者獲得更多收入。

Shokay業務中最具創意的地方就是將氂牛絨引入市場。世界上有百分之八十的氂牛在中國，但中國傳統的紡織企業並不那麼有前瞻性，他們相對比較保守和被動，只是顧客需要什麼就生產什麼。這給Shokay進入市場提供了很好的機會。

在Shokay進入市場之前，當地的氂牛絨市場根本不成形，只有極少的買賣，而且牧民賣的都是未梳理的犛牛毛，品質較粗糙；傳統市場的中間商收購牛毛的價格為五元人民幣一公斤，而Shokay收的是經梳理後較幼細柔軟的絨，收購價錢是九十五元人民幣一公斤，無怪牧民都樂於參與。

這只是解決了供應方的問題，在市場上，Shokay面臨更大的挑戰：如何讓新產品為市場所認知和接受？

和平台型的社會企業不同，以產品創新為導向的社會企業，它需要考慮的更多是產品自身的競爭力和營銷的問題。

問題一：新產品是否有足夠的競爭力？

消費者不會為了百分之二十的改進去購買一個創新（而非改進）的產品，因為創新的產品意味著完全不同的體驗，風險太高。一個創新產品要保證比原產品好一倍，才有可能被用戶所接受。

問題二：如何營銷？

作為一個創新的產品，它要佔領主流市場是不切實際的。更好的方法是先佔領一個細分市場，在細分市場站穩腳跟後，再向相鄰市場擴展，直至佔領主流市場。

對於上述兩個問題，Shokay的回答是：

- 犛牛絨作為羊絨的替代品，在價格上具有絕對的優勢。而Shokay將致力於將犛牛絨編織技術及染色技術的提升；

・Shokay主攻毛線（而非成品）市場，並透過成品的展示促進毛線的銷售。

身為外行人，我顯然並不具備判斷這兩個策略的能力。不過，從最近的數字來看，Shokay的發展勢頭良好：目前，Shokay的主要客戶集中於歐美和日本。Shokay的產品在世界一百三十多家店鋪都有銷售，其中大多是毛線編織店。二〇〇七年底Shokay開始在中國大陸市場進行銷售，目前在國內有兩家直營店。

■欣耕工坊

欣耕工坊成立於二〇〇七年五月，是一家透過支持貧困地區人群發展生產、以貿易所得來開展助學和扶貧的社會企業。欣耕秉承「施人魚，不如授人漁」的中華古訓，遵循「助人自助」的幫困原則，以生產、貿易、助學的運作方式，致力於改善中國貧困地區青少年教育狀況，並為城鄉弱勢人群提供生產及就業的機會。

欣耕的創始人是來自新加坡、在中國大陸經商多年的朱柄肇先生。一切源於他在二〇〇六年對河南愛滋病村的一次探訪。此行中，他發現當地民眾為了生計而冒險從事危險的自製煙火爆竹加工工作，不少婦女和孩子也參與其中。於是他萌發了在村裡建立起手工作坊，讓村民們依靠自己的手藝自力更生的念頭，這樣既為貧困家庭提供平等發展的機會、幫助他們擺脫貧困，同時也保證了他們的生命安全。

欣耕的產品來自兩個途徑，一是村民的生產，對於河南因病致貧的農村，如愛滋病村，欣耕會結合中國文化或環保主題，由城市的設計師設計出樣品，把製作工藝傳授給當地婦女，由她們生產；二則是來自於有地方民俗特色的邊遠地區，比如內蒙古的高級駝絨被，產品由當地的工廠生產，但由於資訊的閉塞、交通不便、缺乏營銷手段、優質的地方特色產品不為外界所知，於是欣耕便承擔起對外宣傳、銷售的角色。這就形成了欣耕的兩大項目，而項目所產生的利潤，除了用於支付工資、維持機構的經營和發展之外，將全部用於助學。

欣耕所選用的產品原料都是環保材料，如土布、竹子、泥塑、線繩、蕎麥殼、羊絨、駱駝絨等。產品都是由貧困地區的婦女一針一線縫製出來，十分精細。像是他們的休閒環保布包，就是以棉麻等純天然環保面料製作而成。布包可以摺疊存放、反覆使用，非常適合城市居民日常使用。欣耕的創新在於，布包的布面上還能根據機構需要印製LOGO，如果有機構要開論壇、研討會，就可以使用印有機構LOGO的環保布包替代原來使用的紙袋，放置會議資料及文具。

看到欣耕的產品，給人的第一印象就是「中國傳統文化」，比如充滿中國古老文化情結的陝西洛川虎布軟雕、泥塑、年畫、皮影等，第二印象是現代設計，比如結合結藝和藏香的中國結香包，用印花土布做成的布藝鼠標腕墊（滑鼠）、箸衣（即筷子連袋）、充滿中國鄉村風情的床上用品等。欣耕的想法是，在滿足大眾生活需求的產品中，盡可能融入中國傳統文化，以此讓都市年輕人認識中國傳統文化、喜愛中國傳統文化，從而留住中國傳統文化。

欣耕在國內的公益禮品市場已經小有名氣，也曾為很多企業和公益機構量身訂做不同款式的環保袋和公司禮品，如DHL、上海映綠公益事業發展中心、北京NPO信息諮詢中心、上海浦東市民中心等；目前，欣耕工坊所設計生產的產品逐漸進入可持續發展階段，與萬科、北京地球村機構已經簽訂合作協議。

坦率地講，欣耕作為社會企業，它在模式和產品上沒有特別值得大書特書的地方。那麼，接下來

上海欣耕工坊專案點，河南愛滋病村村民工作的情形。

的問題就是：它的競爭力從何而來呢？

欣耕的創始人朱先生是個非常實在、誠懇的人，這也許跟他自己是佛教徒有關。在他身上看不到通常商人的那種精明和計算，和他相處只會感受到他的憨厚、實在，也許正是這種實在，才讓欣耕獲得了這麼多人的信任，一步一步走上正規吧。

提到未來，朱先生坦言沒有太多規劃，腳踏實地的走好現在的每一步，才能使欣耕的未來發展得更好。雖然沒有規劃，但朱先生有夢想，欣耕的創立就是源自於這個夢想，他希望欣耕所扶助的弱勢群體能快快樂樂的工作、生活，這也就是「欣耕」這個名字的涵義——快樂地耕耘！

■他們為何令我感動？

《如何改變世界》中提到革新型組織的四種實踐：

・制度化傾聽：革新型組織的最重要的品質之一，就是對於傾聽有強烈的自覺。革新型組織為了傾聽顧客的聲音而建立制度，確定指導方針。

・關注例外：從革新的立場看，洞悉精髓的觀點，看起來都是來自例外或意想不到的資訊，特別是一些意外的成功。

・為實實在在的人設計實實在在的解決方法：社會企業家的特點之一是，他們對於人類行為持現實的態度。他們花費很多的時間去思考，如何能使客戶真正去使用他們的產品。

・專注於人類的品質：那些依賴於高質量的人際互動而取得成功的組織，在招募、僱傭和管理工作人員時，通常密切關注一些軟性品質……這個人是否表現出同情、靈活的思想方法和一種「強大的內核」。

毫無疑問，上面介紹的幾家社會企業——儘管都還很年輕——都在實踐這四條原則。最讓我感動的，不是這些社會企業自身的模式，而是在背後運作這些社會企業的人。Priya在學生階段就勇挑大樑，創辦World of Good，改變千千萬萬手工藝人的生活；Marie和Carol深入藏區，只為讓藏民有更好的收入；朱柄肇先生為當地居民的生計所感動，放棄了多年的商場生涯。從他們身上，更加證明了：一個成功的社會企業，其實是和領導人的遠見、激情和決心息息相關的。

Makes the public welfare also to make money

咖啡直遞、黑暗中的對話、多背一公斤

謝家駒

■國外社企：英國的咖啡直遞

根據不完整的統計，英國有超過五萬家社會企業，可能是西方社會中數目最高的國家。我最欣賞的是以售賣公平咖啡、茶及巧克力飲品的Cafédirect，故且譯作「咖啡直遞」。

以下是關於這個社會企業的一些資料：

- 成立於一九九一年，由四個非營利團體聯合創辦，各佔四分之一股權。
- 首創以「公平貿易標籤」（Fairtrade Mark）開拓高檔咖啡品牌，產品在全國各大超級市場皆有出售。
- 採用「公平貿易」方式在發展中國家開拓各種產品，給予生產者公平的價格及維持長期合作夥伴關係，所付的價格平均高出市場百分之三十至四十。
- 二〇〇四年，榮獲英國市場學會「年度傑出市場拓展獎」。
- 二〇〇四年，成為英國首家「股票向公眾公開銷售」（Ethical Public Offering）的社會企業，集資六百萬英鎊。

- 二〇〇七年在一個獨立的市場調查中，Cafédirect品牌在兩千個國際品牌中獲得「最受推崇品牌」的第一名。
- 二〇〇八年已成為全英國第五大的咖啡品牌，營業額達兩千兩百多萬英鎊。
- 二〇〇九年榮獲Ethical Business of the Year Award。

■為什麼如此感人？

社會企業通常有鮮明的社會使命，主要是針對特定社會問題作出回應。不同的社會企業所選擇的社會問題各有不同。

「咖啡直遞」的社會使命，是透過提倡公平貿易來改變發展中國家生產者的經濟狀況，令他們獲得合理的價格及支援，以維繫及發展他們所處的社區。換句話說，是以改變發達國家消費者的意識及消費行為，來改善發展中國家農產品生產者的生活條件及前途。

諾貝爾獎得主斯特列的專著 Fair Trade for All

■為什麼要有公平貿易？

西方國家一直以來表面上提倡「自由貿易」，反對任何對國與國之間的貿易限制及阻礙。但在農產品的貿易上，是完全「講一套，做一套」。歐美發達國家的政府，為了爭取農業人口的選票，長期以來動用大量的稅收，來補貼農業生產，而將發展中國家的產品嚴拒於門外，哪有公平貿易而言？歐盟每年給予農業產品的補貼，佔其總支出的百分之四十五，而受惠人口只佔全歐盟的百分之二。諾貝爾經濟學獎得主斯特列（Joseph E. Stiglitz）在其專著Fair Trade for All一書描述到這個現象時感慨地說：與其說是諷刺，不如說是恥辱！

不知是幸或不幸，有一些農產品由於只在南半球國家才可以生產，歐美發達國家還是要輸入這些產品，例如咖啡、茶、巧克力等。

不幸的地方，是發達國家藉著過去帝國主義及殖民主義的優勢，長期以來透過種種方式控制生產及其價格，不曾因為前殖民地獲得政治獨立而有重大改變。

例如咖啡，自從一九八九年國際價格協議破裂以來，農產品收購價格不斷大幅下調，很多生產者以市場價格售出其產品，連基本成本也不能維持，更不用說改善生活及生產設施。有鑑於此，發達國家的一些非營利團體（例如樂施會之類），開始提倡「公平貿易」，意思是說，對待發展中國家的農業生產者，要付出合理的價格，包括生產成本、一定的利潤，以及改善生產設施的投資。經過這些團體不斷的努力及無數的嘗試，「公平貿易」的國際認證制度開始建立起來，讓消費者明確知道有認證的產品是保證通過「公平貿易」來採購的。

■開風氣之先

「咖啡直遞」就是首間採用這種認證制度的咖啡入口商，然後逐步擴展至茶、巧克力等產品，他們成功地讓「公平貿易」產品打進英國的主流消費市場，十年來營業額及利潤均穩步上

越南的茶農

升。

他們的成功，全靠創辦團體的遠見及開拓精神，加上聘請到有創業精神的行政總裁把公司從無到有，從小到大持續發展，在全無政府資助及社會募捐的情況下，發展成為一家有市場競爭力但同時具有移風易俗能力的社會企業。

時至今日，「咖啡直遞」已成為國際知名的社會企業典範。在香港，也有一家提倡公平貿易的社會企業，叫做「公平棧」（FAIRTASTE），成立於二〇〇八年，創辦者是一位年輕女士，她曾在樂施會工作，職責就是研究及宣揚公平貿易。她發覺光是鼓吹作用不大，於是毅然辭退工作，創辦「公平棧」來推動港人認識及購買公平貿易產品，可謂任重道遠，值得我們的敬佩及支持。「公平棧」能否像「咖啡直遞」一樣快速成長，我們拭目以待。

黑暗中的對話讓參與者自我體會及領悟啟發

■香港社企：黑暗中的對話

過去兩三年來，我接觸過大約三、四十家本地社企，為了準備選擇一家我認為是最令我感動的，我作了一個比較有系統的反思。我嘗試把我認識的社企列出來，然後我問自己，我應該用什麼標準來選擇？例如：

- 歷史悠久（基督教豐盛職業訓練中心）
- 規模最大（平安鐘）
- 盈利最高（平安鐘）
- 國際知名度最高（Ventures in Development）
- 創意最大膽（自然學校）

這些標準都很有意思，但看後我覺得有點不足。想了很久，我原來覺得最有意思的標準應該是：最具前瞻性啟發意義的社企，意思是說，最能代表一種新的方向，讓其他有心創辦社企的人士能作為參考的典範。

坦白說，香港目前沒有這樣的一個社會企業，最接近的可能就是新成立的「黑暗中的對話」（Dialogue

in the Dark），公司名稱是DiD HK Ltd.。

■黑暗中的對話的由來

這是二十一年前由德國人Andreas Heinecke所創辦的社會企業。時至今日，DiD已經在世界上二十多個國家中生根，成為了社會企業中最具規模的「特許經營」模式社企。

「黑暗中的對話」其實有兩個主要的「產品」。

最早而且至今仍是最主要的是「體驗館」（Exhibition）。通常是一個約有五千平方米（約一千五百坪）的場地，裡面佈置著不同的情景，例如：公園、街道、市場、食肆等，但館內漆黑一片，伸手不見五指。參加的人士要購票入場（在歐洲是大約電影門票的收費），十個人一組分批入場，由一位失明人士做導遊，帶領這些人士用大約一個半小時經歷整個場館。

差不多全無例外，參加者完成了這個經歷後對失明人士的態度及看法完全改觀。一方面他們會更加珍惜自己的視覺，另一方面則感受到失明人士的世界，更能體會到失明人士其實亦有他們的才幹及能力，只不過有不同方式的運用。目前世界各地參與DiD工作的失明人士，已超過六千人，參加過體驗的人數亦超過五百萬人。

■黑暗中的工作坊

第二個較新的「產品」是工作坊。這個三小時的工作坊亦帶給視力正常人士無盡的驚喜，頭兩小時是在全黑的環境下進行，主持者是失明人士，參加者通常二十四人會分成小組進行一些特別設計的任務，需要他們在漆黑的環境中發揮他們的想像力、創意、溝通技巧、自信心、領導力、團隊精神與及應付危機的能力。餘下的一小時在燈光下作自我反省、總結經驗及分享啟示。工作坊並非講課或提供訓練，而是創造環境讓參加者自我體會及領悟啟發。

DiD HK Ltd. 就是嘗試將這兩個項目在香港推廣。二〇〇九年一月及六月份，一共舉行了三十多場工作坊，反應異常良好，跟著便著手找一個約一萬平方米（三千坪）的場地，建立「體驗館」，及永久的工作坊設施，可望於二〇〇九年底完成。

■為什麼特別喜歡黑暗中的對話？

我相信因為是它能在兩個層次上，給予香港其他社會企業一些重要的啟示。

第一個層次，是關於失明人士的「黑暗中的對話」至少可以達至以下幾個效果：

1. 創造一些從未出現過而又能運用到失明人士技能的就業機會。數目可能不太多，但估計在未來三年間，至少也會有三、四十個。

2. 改變社會人士對失明人士的看法。失明人士最需要的不是憐憫、同情，而是有尊嚴的工作機會，他們有自己的才能及抱負，一樣可以運用他們的所長來貢獻社會。

3. 增加社會人士對不同背景人士的共融性（social inclusion）。失明人士與其他傷健人士一樣，有不同的處境及需要，但不應該受到歧視，不同背景的人可以透過接觸，增進了解及共融。

第二個層次是與創辦者的抱負有關。

香港「黑暗中的對話」的創辦人是張瑞霖，他是商界出身，曾長期服務於跨國公司，後來自我創業，在大陸從事製造行業，然後再把業務出售給跨國公司。五十出頭便退休，現在全心投入創辦黑暗中的對話，他的抱負包括：

1. 創辦一家能同時創造利潤及實現社會使命的社會企業。

2. 證明社會企業是可以調動社會上一切可用的資源來發展業務，而無須依賴政府的資助。

3. 希望能把黑暗中的對話發展成為社會企業的典範，足以讓公眾也可以購買公司股份（和英國的「咖啡直遞」一樣）。

4. 在香港打好基礎之後，進軍中國大陸，擴大影響力及藉此推動大陸社會企業的發展。有這樣抱負的社會企業創辦者，在香港十分少有，張瑞霖可說是任重道遠。

■大陸社企：多背一公斤

本書是我和「多背一公斤」的創辦人余志海合寫的，明顯地，這個社企是令我相當感動的。由於他已在他寫的部分頗為詳盡地介紹了「多背一公斤」的情況，這裡便不再重複，我只是想重點介紹一下為什麼「多背一公斤」對香港的社會人士有特別的意義及啟示。

■初聞多背一公斤

我第一次聽到「多背一公斤」是二〇〇八年十一月。當時在香港多個民間組織首次舉辦了一個「社企民間高峰會」，邀請了不少香港及海外的社會企業家分享他們的經驗。由於對大陸的社會企業認識比較少，並未有邀請大陸的社會企業家出席。但參加者不少是從大陸專程來港參加這活動的。在其中一個晚餐聚會上，大家談到兩岸三地社會企業的發展，席間有人問起：大陸有沒有社會企業家？一位大陸參加者馬上說：當然有！「可否舉一些例子？」於是這位參加者便介紹「多背一公斤」。席上的朋友無不大感興趣及表示驚訝。這位參加者原來就是來自上海「環球協力社」（Global Link Initiative）的李凡女士。我聽到「多背一公斤」的故事後，第一個反應便是：我要邀請它的創辦人來香港分享他的經驗。當晚我便查看他們的網站及了解其他人對他們的評論。第二天，我確定非請他們來港不可。

不是衝動的決定

大家也許覺得我當時有點衝動，但其實是有很強的理據的。簡單說，我是看得見「多背一公斤」與香港目前大多數的社會企業的重大分別，而我肯定「多背一公斤」是我們應有的發展方向。

且看下列的對比：

香港（大多數）的社企	多背一公斤
・缺乏創業精神	・充分發揮創業精神
・依賴政府經費資助	・全無政府資助（全無想過要拿政府資助）
・產品／服務缺乏創意	・充滿創意，敢為天下先
・針對社會問題修修補補	・針對社會問題，不斷擴大資源及力量

香港（大多數）的社企	多背一公斤
・由志願機構統籌及領導	・由私人獨立創辦，不附屬任何機構
・缺乏願景、抱負、承擔	・有願景、有抱負、有承擔
・主事人缺乏熱忱和膽識見步行步	・創辦人充滿熱忱及膽識，願意放棄正職，全心投入
・被社會人士認為是「賠本」的生意	・被社會人士高度擁戴，推崇備至
・一朝政府政策改變，不再資助，便要面臨困境	・有能力創造收入及利潤，自我延續及發展
・前途黯淡，缺乏吸引力	・前途光明，更可產生典範作用，引發更多青年人及社會人士投入社會企業行列

■新愚公移山

值得強調，上述所述的香港社會企業，並不能代表所有的社會企業，只是反映著大多數獲得政府資助的社會企業。可幸地，香港還有一些全無申請政府資助的社會企業，由私人獨立創辦，大多更具創業精神，有較大的市場競爭力，能夠同時兼顧社會使命及經濟目標。筆者二〇〇七年底，就編了一本書，專門介紹這一類的社會企業，《新愚公移山：十個社會企業創業者的故事》（社會創業論壇出版，郵購可與論壇秘書處聯絡）。

從上表可以見得，「多背一公斤」的模式與香港不少的社會企業有多大的分別。若能讓香港社會人士、政府有關決策機關，以至目前及未來的社會企業經營者多些了解「多背一公斤」的經驗，肯定會有很大的好處。

問題是，如何可以把「多背一公斤」的創辦人邀請來香港？一個做法，是等待二〇〇九年十月的另一個「社企民間高峰會」，但這要等足足一年，太長了，我希望他能早點來，只爭朝夕嘛！

■另類籌款方式

於是我寫了一篇文章，介紹「多背一公斤」的構思及經驗，在香港的《明報》上發表（二〇〇九年一月三日），然後把這篇文章的電子版寄發給我的一些朋友（大約五十位），我附上一個訊息，說假若你覺得「多背一公斤」的故事感人，值得更多的香港朋友深入了解，請你參加我發起的「HK$1K for 1KG More」的呼籲，捐出港幣一千元，讓我們一起邀請「多背一公斤」的創辦人及其團隊來香港介紹他們的經驗。

我粗略計算過，即使三個人從大陸來香港，飛機票、三晚酒店食宿，每人預備一萬元便很足夠，總費用不過是三萬元。本來這個數目很容易便可籌到，但我採用這個故事本身來打動我的朋友來支持這個計劃，這樣便更有意義，結果，在不足兩個月的時間內，便收到超過三萬元的捐款。

我告訴余志海我手上有三萬元的捐款，希望他們至少三個人來港分享經驗，剛好他們當時一共只有五個全職同事，他們計算過，三萬元也足夠他們五人的交通費及在港三天的費用，於是他們整個團隊都來了，日期是二〇〇九年四月十六至十九日，剛巧四月十八日是他們創辦五週年紀念日，也就在香港慶祝了。

■六場演講震撼人心

短短三日內，我們安排了六場不同場合的演講及分享，包括香港大學兩個不同聚會、中文大學的MBA校友會、浸會大學的通識教育課程、Roundtable Community的聚會，當然還有「社會創業論壇」舉辦的公開論壇。

每次分享都大大打動出席者的心，反應非常熱烈。在港期間，還有多份報章、雜誌、電台進行採訪，一時之間，全城掀起了一個小小的「多背一公斤」熱潮。最遺憾的，是政府負責社會企業政策的官員及有關委員會，彷彿有點不聞不問，可能是覺得這是大陸的社會企業，沒有興趣去了解。

■訪港的總結

余志海一行人在港期間，大部分時間我跟他們在一起，除了出席演講會以外，我也安排了他們參觀訪問了多個香港社會企業，並與這些企業的創辦者交談。他們離開後，我發覺我是全港獲益最大的一個人。特別是他與香港社會創業者的談話中，我更深入到他的思路及抱負。舉例來說，他對香港每一個社會企業的社會使命都很感興趣，然後他會問有關的社會創業者，如何可以不斷擴大規模去實現使命，他會抽絲剝繭地發問，去了解該企業運作模式的極限，並毫不客氣地分享他的看法，對那些社會創業者來說，是很新鮮而有衝擊的意見。後來我把我的所聽所聞，總結了幾點，發表在《社會創業者》通訊上，以下是幾個重點：

1. 聚焦在大問題上——「多背一公斤」關心的大問題，是落後地區的教育素質，這是大陸當前一個重大問題，反映香港不少的社會企業，眼光過於狹窄，缺乏面對尖銳問題的勇氣。

2. 大問題的解決需要調動大量的社會資源——「多背一公斤」的創辦者自己知道本身的力量有限，面對的問題卻是異常龐大，但相信可以調動社會上大量的資源，包括旅遊者義工，他們每年到農村旅遊達三億人次，這股力量若得以善用，非同小可。「一公斤」很輕，成千上萬的「一公斤」卻不可小看。

3. 資訊科技為槓桿——余志海出身資訊科技界，但他所用的技術並不高深，而是人人可以掌握，關鍵是能有創意地去設計及運用適當的平台，因地制宜發揮資訊科技的作用。反觀香港，除了「平安鐘」外，很少社會企業懂得刻意發揮資訊科技的威力。

4. 念念不忘擴效（**Scaling up**）——這可能是香港社會企業最缺乏的心態。往往只滿足於有限的規模，不思進取，不謀逐步蛻變，擴大成效及影響力。反觀「多背一公斤」，短短數年間，迅速發展成為萬人參與全國皆知的品牌，這與余志海深信只有不斷擴充、多形式、多管道調動社會資源的基本信念有莫大關係。

5. 最後，就是余志海立志做社會企業家的抱負。正如他自己所說，影響他最深的是《如何改變世界》這本書，書中都是世界各地成功社會企業家的奮鬥故事，傳媒詢問他對自己有什麼期望，他這樣回答：「成為社會企業家，以服務人民人群為己任，選擇合適的模式，試驗、改進、推廣、戰鬥。堅定、謹慎、有力而深遠地改變這個世界。」這樣的志氣及抱負，在香港的社會創業者中，確是十分少見。

作為在香港居住的中國人，看見「多背一公斤」這樣的社會企業在大陸出現，不單給予我們很多啟示，更重要的是看到大陸社會發展的新希望。星星之火可以燎原。多背一公斤，任重道遠。

Chapter

08

Makes the public welfare also to make money

新趨勢下的人生新活法

30歲可以有既做好事又賺錢的事業

余志海

許多朋友和我談起社會創業，在表達欽佩之餘，也表示這也是他們的理想生活，將來希望可以全身心從事社會創業。可當我追問他們什麼時候去做時，通常的回答卻是：

「等我賺夠了錢，衣食無憂之後吧。」

他們的回答代表了大多數人的想法：社會創業是有意義的，但卻很難成為帶來穩定收入的行當，所以，我現在必須努力賺錢，這樣才能在將來的某一天投入到社會創業中。

他們其實沒有搞清楚兩個問題：

1. 做好事只能是人生下一階段的事嗎？

2. 有沒有一種事業是既做好事又賺錢的？

■人生兩個階段之謎

在很多人的規劃裡，人生分為兩個階段：

1. 第一階段做自己不喜歡的事，可能是一份體面、高薪但卻忙碌而沒有意義的商業工作，工作二、三十年，等攢到了足夠的錢，然後——

2. 放棄第一階段的工作，做自己喜歡的事，例如環遊世界、開一個小店，或者投入慈善工作等。

這個人生規劃很理想，但唯一的問題是：多少的錢才是「足夠的錢」？

事實上，「足夠的錢」是個無法衡量的概念。錢多少才是足夠讓你感到安全並放棄現有的工作的？一百萬？一千萬？沒有答案的。我只知道，等你有了一千萬的時候，煩惱更多，會需要更多的錢才會安心。

有一個寓言，叫「溫水中的青蛙」。把一隻青蛙放到熱水裡，牠會馬上跳出來。可是，如果把牠放到溫水裡慢慢加熱，牠就會失去對環境變化的感知，直至被慢慢煮熟。

等到生活完全安定了才去做自己喜歡的事，就像溫水中的青蛙一樣。到最後你會習慣現有的生活，慢慢失去改變的勇氣。等到有一天你終於醒悟，卻發現那時已經沒有足夠的壽命和健康去享受理想中的生活了。

其實，去追求真正喜歡的生活，不是靠金錢來保證的，靠的是激情和創造力。

我們知道的許多知名的創業者，幾乎都沒有說要等到賺夠了錢、衣食無憂才出來創業的。相反，很多創業者連大學都沒畢業，像微軟的比爾・蓋茲（Bill Gates）、戴爾公司（Dell）的戴爾（Michael

Dell）、蘋果電腦的賈伯斯（Steve Jobs）、谷歌（Google）的佩奇（Larry Page）和布林（Sergey Brin），他們在開創自己的事業時，沒有錢也沒有工作經驗，甚至還放棄了大學的學位。

所以，真正的創業者，無論是商業創業抑或社會創業，從來都不是等萬事俱備的。他們依賴的是自己的激情和理想，而不是所謂的「安全感」。

因為作為創業者，最寶貴的能力是處理不確定的能力，是在方向不確定、資源有限的情況下創出一片新天地的能力。如果什麼都具備了，那還叫什麼創業？

真正改變世界的，往往是一些沒有錢、沒有資源也沒有多少經驗的「毛頭小子」，而那些學歷高、工作資歷又好的人，往往是給這些「毛頭小子」打工的高級白領。

所以，對於有志參與社會創業的朋友，我唯一的建議就是：找到自己的激情所在，現在就去做。

■社企：既做好事又賺錢

做好事的途徑很多，可以做義工、可以參與ＮＧＯ的工作，而我特別推崇的是社會企業。

現在的年輕人越來越關注環境和社會，對唯利是圖的純商業世界也越來越感到厭倦。但是，錢是每個人生存的基礎，沒有錢，就沒有麵包、沒有房子、沒有汽車。那麼，有沒有既賺錢又能服務社會的工作呢？

有的！社會企業就是這樣一份理想的選擇。簡單來說，社會企業就是既做好事又賺錢的事業。因為有商業模式的支撐，社會企業的收入來源上更有獨立性和擴展性，同時，經濟上的獨立性使得他們可以更獨立、更有效地實現改變世界的夢想。事實上，優秀的社會企業往往能同時實現社會與商業的雙重目標，下面我們來看看JustGiving（www.justgiving.com）的例子。

JustGiving是一家位於英國的在線捐贈網站，主要為慈善團體和捐贈者提供簡單、便捷的捐贈方法。捐贈者可以迅速在JustGiving上找到適合自己意願的慈善團體，而慈善團體也可以省去時間和金錢的損耗，以最小的成本獲得大量的線上捐款。籌款者可以建立自己的籌款網頁，而籌款的目的也是多種多樣的，比如為了紀念一個人、為了一個婚禮、生日等等。

目前，已經有六千多家慈善團體在JustGiving註冊，他們每月支付十五英鎊的費用，以讓自己能出現在JustGiving的慈善團體名單上。同時，已有七百萬人透過網站完成了超過四億英鎊的捐款，JustGiving從每筆捐款中收取百分之五的交易費用。

JustGiving搞得非常成功。經手的捐款從二〇〇三年的兩百萬英鎊增加到二〇〇六年預期的七千萬鎊。伴隨著這種驚人的增長速度的是它的經濟收入：七位數的虧損預計將會轉成七位數的盈利。除了在英國本土成爲行業的領導者，僅僅給予的擴張讓它進入美國市場（這是有創意的商業模式往西邊走的一個罕有例子），並在美國市場快速成長……

JustGiving前主席（二〇〇六）

設計得宜的社會企業，同樣可以像JustGiving一樣，為投資者和員工帶來巨大的經濟回報。

■方興未艾的社會企業

目前，社會企業在全球可謂方興未艾，許多知名的大學，如哈佛商學院等都開設了社會企業課程，鼓勵大學生深入了解社會企業，並把社會企業作為未來職業生涯的一個選擇。

專門針對社會企業的公益創投和商業計劃比賽也越來越多，這些都為有志於從事社會創業的

2009年到香港和當地社會企業家交流

年輕人帶來更多籌措資金的機會。有趣的是，近幾年在商業創業的競賽中，社會企業的創業方案也越來越多，說明已經有越來越多年輕人把社會企業作為自己的事業。

其中的一個例子就是World of Good（www.worldofgood.com），這是美國這幾年比較成功、吸引了很多人注意的一個社會企業。World of Good 由美國柏克萊商學院的兩個學生創立的網站，創始人普莉雅（Priya）是位在美國長大的印度裔女孩。她當年想透過自己的努力在全世界範圍內提高婦女的生活水平。在考察過程中發現第三世界裡很多低收入婦女依靠手工製品生存，而這些產品很可能出口美國。但因為她們在社會中地位低下，沒有組織、營銷和談判能力，最後在整個供應鏈中利潤分享很低。（參見137頁）

而在公益創投方面，**Skoll Foundation**（斯科爾基金會）可算是其中的佼佼者。它由eBay公司第一任總裁斯科爾（**Jeffrey S. Skoll**）於一九九九年創辦，基金金額為三億美元。每年斯科爾基金會都會為其他社會企業家獎的獲獎者提供為期三年、總金額高達一百萬美元的獎金。所以，做社會企業能做成百萬富翁也不再是幻想了。

以上林林總總的資源，無疑為年輕人進行社會創業提供了方便之門。可以說，現在是從事社會創業最適合的時機。

■社會企業，你準備好了嗎？

對於想投身社會創業的朋友，我通常會問他們兩個方面的問題：

1. 你解決的是什麼社會問題？你用什麼方法來解決？如何證明它是有效的？它未來會發展成多大的規模？
2. 你如何創造收入？誰是你的顧客？他們為什麼要購買你的產品或者服務？

第一個問題是關於社會影響力的，第二個問題是關於商業模式的。通常，每個社會創業者都有不同的回答，而我的建議是：

1. 將兩個問題的答案落實到一個個具體的數字，並不時地評估和修正；
2. 將兩個問題整合——也就是說，商業模式和社會影響力模式應該一致並能互相支持。

儘管第二條建議不是必須，我也看到很多社會企業是用兩種方式來分別運作商業部分和社會部分的。但這時候的社會企業更像是一個傳統慈善機構和一個商業公司合併，儘管也可以稱為「社會企業」，但它在營運效率和未來的規模化上都會存在一定問題。

如果你已經認真思考了這兩個問題，接下來就要馬上行動。作為社會創業家，錢和經驗都不是最重要的，最重要的是你的激情和創造力。如果你相信你有一個偉大的夢想，現在就寫出你的計劃，尋找一切可能的機會，爭取資源和建立團隊吧。

歡迎踏上社會企業之路！

最後，送給每一位有志於社會創業的朋友幾句話，這是World of Good的創始人Priya在一次參訪中說的。我覺得她說出了很多走在社會企業道路上的朋友的心聲。來聽Priya說吧：

我完全沒有經驗，並且沒有理由相信我能做成。我沒有零售的背景，我沒有產品設計的背景，但我對我們要做的事情背後的原因有著強烈的同情心，並且我會是自己產品的顧客。

除了這些，就靠本能和靈感來建立一個團隊，然後一個公司，然後讓公司成長。如果你什麼都不懂，有一件事你可以做，就是搞清楚誰懂，然後找他們問就可以了。

現在我無法做任何別的事，我一直在想這件事，有個力量超越了我自己的意願，有一種東西必須要出來。我能做的就是：在它要出來的時候讓它出來。

Makes the public welfare also to make money

50歲後可以有事業的另一個春天

謝家駒

年到五十，有什麼選擇？多的是，包括：

- 提早退休
- 移民
- 轉工
- 創業（如已創業者，可再創另一個業）
- 繼續往上爬
- 學習新的技能或是考取新的資格
- 半職工作
- 全職做義工
- 辭掉工作，修讀一個學位
- 環遊世界或背包走天涯

大前研一 50 歲後開拓了另一段多姿多彩的人生

・創辦或加入一個志願團體

・什麼也不做

我相信讀者可以至少加上數項，這說明選擇確實很多。但不幸地，大部分年屆五十的人士（特別是男士，女士情況則有些不同）會選擇「不做選擇」，實行依然故我，繼續做一直做的事。這是自然不過，抑是有點可悲？

本章的目的很簡單，作者希望年屆五十的人士，讀過本章後會拿出勇氣來，做一個有意識的選擇。選擇權在你的手中，你的命運也在你的手中。

後五十歲的選擇

日本二十世紀最知名的一位企管專家大前研一（Kenichi Ohmae）寫過一本暢銷書，書名就是《後五十歲的選擇——RESET你的人生》，探討五十歲後的人生。他自己五十歲便從事業的巔峰中退休，跟著開拓了另一段多姿多彩的人生。

大前研一一九四三年出生於日本福岡縣，畢業於日本早稻田大學，並擁有東京大學碩士學位，留學美國，在麻省理工學院（MIT）獲得博士學位。回日本後曾任日立原子能開發部工程師，一九七二年加入麥肯錫管理顧問公司（McKinsey & Company Inc.），曾任麥肯錫日本分公司社長、麥肯錫亞太地區會長以及總公司董事等要職。退休後擔任過日本、韓國、美國大學的名譽教授。至今仍以經營管理顧問的身分活躍於世界各地。

《後五十歲的選擇》一書，不單是寫給接近或超過五十歲的人看的，因為書中的建議，大部分都是五十歲之前便要開始考慮執行，等到五十歲可能已經遲了。

大前研一認為，人生的旅程可分為三個階段：

第一階段：事業起步到三十五歲左右

第二階段：三十五歲到五十歲前後

第三階段：五十歲以後

第一階段是剛學業有成踏入社會的階段，無論體力、精神及能力各方面，都處於巔峰的狀態，是最具衝刺力、學習力與創造力的時期，此時的你如果覺得工作不合心意，就要勇敢轉換，接受新的挑戰；又如果你是創業的人才，這個時期便要開始，不要等到三十五歲。

第二階段是守成或發展時期。假若你是打工一族，三十五歲後都無法在公司嶄露頭角，只是一般上班族，你就會被企業制度馴養，不敢衝刺創新。假若你是創業者，三十五歲前仍找不到獨特的商機，三十五歲後就只得在有限的規模上打滾，很難會有大的突破。

書中舉出很多例子，如松下集團的松下幸之助、夏普集團的早川德次、本田集團的本田宗一郎、新力集團的盛田昭夫、山葉集團的川上源一等的人生軌跡與歷程，幾乎毫無例外，都在二十多歲時，不被體制或組織馴服，努力挖掘自己的才能，確立信念，突破創新，在三十多歲便建立了公司組織的基礎，開拓了新的產品及行業。他們絕大部分都是在三十五歲前後有過最激烈的改革，再加速搭上潮流的列車。

三十五歲後是另一個世界。很多人都會染上所謂「上班族遺傳因子」，養成察言觀色的習慣，只做被批示的工作，沒有指示就不做。

第三階段是人生的另一個特點。無論你五十歲之前的人生是如何度過，到了五十歲，你可以有新的選擇，新的開始。

大前研一認為，活出真實的自己，是五十歲以後的人生守則。到了這個階段，你大可不用在配偶、家人面前逞虛榮，給他們太多不切實際的期待；應該懷著感恩的心情去過每一天，專心地讓自己生活得更好；不須為無法解決的事情煩惱，要積極將時間用在有意義的事情上，要時常詢問父母的需求，多花時間與金錢在父母身上，不要在雙親過世後才後悔，應發一己之光，盡力栽培下一個世代的種子，提升自己對周邊環境的價值與貢獻。

總之，五十歲的人生要活在當下，對於想做的事情，就要立刻去做，不需要太在意別人的批評。有些事現在不做，就永遠不會做了，最成功的人生總是出於自己內心的選擇。

正如大前研一所說：「退休後生活是否安排得好，結果會寫在臉上。如果具有充實的第二個人生的計劃，加上相信自己還可以做的自信心，相信五十歲之後，即使再過二十五年、三十年，也還能精力充沛地到處亂跑跳。這種人的臉看起來應該很年輕，而且容光煥發。企業人士通常在六十五歲退休的時候，開始顯得蒼老。但是，如果能在五十歲時『開悟成佛』然後邁向第二個人生，則到七十五歲，甚至八十歲都仍然生氣盎然。」

■「中年危機」抑或「人到半場」

無獨有偶，美國一位成功的企業家班福德（Bob Buford），五十歲後重新創業，成了傑出的社會企業家，他寫了幾本書，都是環繞著五十歲後的另一番天地。包括：Halftime: Moving from Success to Significance（二〇〇九）。

班福德的意念很簡單，人生頭五十年追求的往往是「成就」（Success），五十歲後的三十年追求的應是「意義」（Significance）。

不論男女，一個人在四十到五十歲這段期間，是生命的轉捩性時刻。自己可以評估得到，一生有多大「成就」。無論你關心的是財富的累積、職位的攀升、學術研究上的突破、技術的鑽研、事業的發展等等。你對自己有多少空間可以進一步創造成就，可說是心中有數。

不少人在這期間會經歷到所謂「中年危機」（midlife crisis），這是很正常的事。班福德提倡一個嶄新的看法，他叫這段時期做「人到半場」（halftime），就像一場比賽踏進下半場，仍是海闊天空、變幻莫測，可以有無盡的驚喜，難以預料的收穫。

假如你是在四十歲至五十歲之間，你覺得自己身在何方？

「人到半場」的生活型態，不單是純粹個人的選擇，它的出現亦有客觀的、經濟的因素。

美國企業家班福德認為人到半場之後仍可精彩

首先，比起二十世紀初的人，我們今天大多會長壽三十多年，當時的平均壽命大約是五十多歲，今天是八十多歲。

其次，今天的物質文明大大提高，一般人都能夠在工作期間累積不少的財富或儲蓄，即使沒有退休金，亦可以生活無憂，安享晚年。

第三，傳統的「退休觀念」，正受到前所未有的挑戰。過去的觀念，是「退休」之後便不做工作，但一般人退休之後仍有二、三十年健康、活力充沛的時光，而且充滿智慧、經驗，不用來貢獻社會，實是很大的浪費。

再者，教育普及之後，一般人的子女都能自食其力，父母的經濟負擔大大減少，況且一般父母感到為子女提供了良好的教育後便應由子女自創天地，不應依賴家庭蔭庇，父母的經濟彈性因而也大大提高。

總之，時移勢易。人到五十歲，絕不需要為年老、退休、照顧子女等事太操心，反而能開始計劃另一個「童年」，而且是自己設計出來的，讓自己享受另一階段的人生。

管理學大師杜拉克（Peter Drucker）就有一句名言，「人到五十是最燦爛的一刻，因為未來的三十年才是最有意義的日子。」

他自己的一生也印證了這個說法。他未到五十，已大名鼎鼎，有全球性的影響力，但他最大的成就，正好是五十後的三十年，推動非營利組織的發展不遺餘力。他用理論及實踐幫助社會大眾明白，公民社會的力量，是推動社會向前發展的最重要力量，比政府及商業機構有過之而無不及。

時代的巨輪，足以把「中年危機」的觀念放進歷史博物館，但一個人能否有「人到半場」的感覺及心境，畢竟是一個很個人的選擇，幸好，你也可以做這一個選擇，而且無人可以代勞。

「中年危機」	「人到半場」
·對年齡產生恐懼	·對未來充滿憧憬
·患得患失	·輕裝上路
·焦慮、不安	·渴望、感恩
·縮小興趣範圍	·擴張興趣範圍
·無心鑽研新事物	·有心、有時間鑽研新事物
·感到心力交瘁	·感到興致盎然
·直覺式反應	·策略性思維
·封閉自己、減少應酬	·開放自己、樂於交新朋友
·對別人的議程有反叛性的反應	·自訂議程、操之在我
·追尋穩定、不作他想	·樂意接受新挑戰

■社會企業：另一個春天？

年到五十，選擇何其多！參與推動社會企業的發展，是其中一個很具吸引力的選擇。

請留意，這裡說的是「推動社會企業的發展」，不是說「自己創辦一個社會企業」。後者可以是前者的一個形式，但五十歲以上的人士，絕不應該貿然嘗試。事實上，筆者是極不贊成「退休」人士創辦社會企業。因為創業不是輕而易舉的事，還是留給較年輕的人好些。

且先說清楚「推動社會企業的發展」可以有哪種形式，你可以：

- 創辦一個社會企業
- 協助他人創辦社會企業
- 入股一家已運作中的社會企業

營商能耐可以改變社會

式來推廣有機產品。

■盧子健五十一歲、陳智思 四十五歲

盧子健及陳智思都是香港商界知名人士，盧子健是C.K. Lo & S. Lam Co. 的合夥人，陳智思則為亞洲金融集團總裁，亦是前行政會議成員。兩人皆是身兼多份公職，並長期在香港樂施會擔任董事。二〇〇八年兩人一起入股一家成立不足一年的社會企業——「公平棧」，是一家以推動「公平貿易」為使命的社會企業，是香港目前唯一一家公平貿易產品的入口商及批發商。

他們深知參與「公平棧」並不是投資一般的生意，而是要移風易俗，開拓革命性的消費行為。

這些都不是孤立的例子，「社會創業論壇」百多名會員中就有不少這樣的人，他們很多都是有心、有時間、有精力、有才幹，願意貢獻所長，協助及推動社會企業的發展。

社企——確實是可以成為五十歲後的春天。

Chapter

09

Makes the public welfare also to make money

放眼未來

每個人都做了一點點

余志海

也許是生在雙魚座的關係，我是個天生愛作夢的人。少年時代的夢就不必說了，不妨看看我這幾年曾經的夢想。

二〇〇二年對我而言是個特別的年份。那一年，相戀多年的女友離我而去，而工作上的變遷也使我對商業社會的職業生涯對我究竟有多大意義產生了懷疑。我開始反思愛情和職業對自己生命的意義，而最終終於發現，不管是在甜蜜的二人世界，抑或是能帶來成就感的職場生涯，它們在本質上都是封閉的，當我沉溺在情人的懷抱或者公司的戰爭中時，我其實放棄了去了解一個更廣闊的世界的機會。

儘管不知道未來的路在何方，但在二〇〇二年的某一天，我還是寫下了自己的三個理想：

1.讓自己變得更寬容、更善良、更勇敢；

2.周遊世界，寫一本書，用眼睛和文字記錄這個世界的美好；

3.盡力幫每一個值得幫助的人。

然後，我去旅行，走過大半個中國，看到了美麗的風景，認識了淳樸的人們，也被當地真實而殘酷的貧窮所刺痛。

在這過程中，我用攝影和文字來記錄我路途中的所見所想，這些思考，逐漸改變了我的旅行，也改變了我自己。

二〇〇三年，我開始接觸義工組織，成為一個草根組織的發起人之一。我利用週末的時間為北京的貧困兒童做課外輔導，同時我也組織更多的義工參與到我們的活動。這段經歷讓我發現，為這個世界而付出，遠比單純的索取更有意義，也更能帶來內心的平和和喜悅。

於是，在二〇〇四年四月回顧這份兩年前的理想清單時，我對自己說：

兩年過去了，我回首自己的理想。我的確比以前更寬容、善良和勇敢了；我去了不少地方，也寫了和出版了一些文章；我還參加並組織了一個志願者活動，幫助有需要的孩子們。

然而，這兩年給我的最大教誨是：必須獻身一個更崇高的理想，爲這個世界的美好而不是爲了自己活下去。這個教誨給了我內心的寧靜和力量，它讓我從平時的瑣碎、偏激、自私和傲慢中慢慢超脫出來，投入到一個更廣闊的人生中去。

這個「更崇高的理想」是什麼，我當時其實是毫無概念。很巧的是，寫完這段話沒幾天，「多背一公斤」就誕生了，這不能不說是冥冥之中的天意。

■心目中的社會企業

二〇〇四年六月，我為「慧靈」做義工，這是國內一個為智障人士服務的NGO，也是我第一個接觸的草根NGO。

慧靈可以說代表了大部分國內草根NGO的生存狀態：運作的資金主要由境外的基金會提供，來源和數量都不穩定，發起人孟維娜女士經常為籌款而發愁；人員工資很低，孟女士當時的月薪是兩千多，而一般員工的月薪才六百塊錢。這樣的收入，在北京這樣的大城市生活自然相當艱難，這在我們這些公司白領眼中是完全不能想像的。

在一次和慧靈的負責人交流後，我寫下了一篇感想，表達了我對義工工作、特別是全職公益工作的理解：

它是開放的。

它是快樂的、有趣的。

它是張揚的、自信的。

它是以一種事業的形式來經營的。

它能讓這個世界變得更美好。同時，也讓自己變得更美好。

它能給志願者合理的報酬，這包括良好的個人成長，和經濟上的明確體現。一個合格的全職志願工作者，他應能獲得不低於相同人群（以志願者自身的教育和經濟爲標準）平均水平的收入。

這些想法，後來都體現在「多背一公斤」的運作中：我們建立了一個開放的網站，上面的訊息全部來自用戶，也可以讓所有的個人或機構自由瀏覽和使用。我們宣揚做好事要有趣的理念，鼓勵每個人用輕鬆的心情參與公益，同時我們還鼓勵訊息的流動和傳播，鼓勵每個人都來分享自己的公益參與體驗，讓公益真正平民化，走入每個人日常的生活。

這是 2008 年時我們全職團隊的合影，大家都快樂地做公益事業。

在這些想法中，最難實現的是事業化的運作。傳統的ＮＧＯ雖然宣稱以使命為導向，但在實際運作中為方便籌資，多採取項目制的形式，這在很大程度上分散了注意力和資源，使組織限於短期的項目中，而模糊了長期的使命的實現。這也使得組織無法建立起有效的大規模服務模式，無法有效地積累資源和能力，自然也就無法提供給員工一個開心、有意義的工作環境，也無法提供給他們體面的收入報酬。

要實現真正的事業化運作，靠目前傳統ＮＧＯ的理念和模式是很困難的，所以，社會企業自然而然地就成為了我們的選擇。

對我而言，社會企業很簡單，就是既做好事又賺錢。儘管這和目前主流ＮＧＯ的風格還格格不入，但這並不影響我們做自己喜歡的事。至少，這也給人們看到：做好事還有另外一個選擇，賺錢的選擇。

如果真正做到了這點，那麼就會有更多的年輕人投身到這個行業，整個社會潮流就會發生變化，一個更美好的世界就會變得更加觸手可及。

■三年、三十年、三百年

二〇〇六年八月，我斬斷了自己原有的職業生涯，進入一個新的領域。

做這個決定的邏輯很簡單，我給自己三年的時間，如果三年後還活著就繼續下去，如果活不下去了就回頭找個工作繼續打工。

最壞只是沒有了三年的時間而已，這個損失我還能接受，於是便義無反顧地跳出來了。

但對於未來的路怎麼走，我當時並無太多想法。人生就是這樣，你要先有選擇，然後目標才會出現。儘管有了目標再去選擇會更有安全感，但真實的情況是，如果你不冒險走出第一步，你永遠不會知道自己走向何方。

離開前，我在自己的部落格中寫道：「有些事情如果必須要做的話，那就馬上做。有一種生活也許沒有豪宅名車，但我更不希望到老了只比年輕時多了豪宅名車，卻從來沒有為夢想追逐過。」

轉眼間，三年時間過去了。

回顧這三年走過的路，我發現儘管道路不是一帆風順，但自己「活」過來了，並且同時也取得了不小的進展：我們建立了一個小小的團隊，也開始做我們相信是重要而且正確的事；我們開始建立起一套有效的大眾參與模式，每月用戶發掘的鄉村學校數量和自發組織的公益活動數量都在穩定增長；我們也得到了公眾的認同，得到了大眾、媒體、企業的廣泛關注。自然，我們也有不少「成長的煩惱」：我們的資源還很有限、資金還不太穩定，面對一個全新的領域，我們需要時間去探索和學習——儘管如此，這一切小小的「不如意」都已不影響我們的行動。

在這一刻，若問我有什麼計劃，我會說：

再做三年，如果三年後還活著，就繼續做下去。

我不給自己太長的承諾，就三年三年地走。一個三年走到了，就再走一個三年。

我不是預言家，但我信仰簡單的信念（就如同「簡單」的多背一公斤），我相信，信念越簡單，才能走得越長久。

三年時間，只是讓我向夢想靠近了一步。我很清楚，這件事我是要做三十年的，我會把多背一公斤當作我的終身事業，一直工作到退休為止。

而我所做的這件事情本身，它顯然會超越我的存在——我想，它是要做三百年的。

參與的民主

為什麼要做三百年？

社會企業，對我而言僅是一種「方法」。我的夢想，是讓每個人都可以成為改變世界的一分子。

隨著社會和科技的進步，原來屬於菁英和專家專屬的領域已經不復存在。未來的世界，是屬於「個人」的世界，屬於「業餘」人士的世界。

在克萊・舍基（Clay Shirky）的新書《未來是濕的》（Here Comes Everybody，列舉了大量這樣的案例：一位婦女丟掉了手機，但徵召了一群志願者將其從盜竊者手中奪回。一個旅客在乘坐飛機時領受惡劣服務，她透過自己的部落格發動了一場全民運動。在倫敦地鐵爆炸案和印度洋海嘯中，公民們用可拍照手機提供了比攝影記者更完備的紀錄……

這一切也會在工藝領域發生。正如同無數普通人的參與可以讓維基百科（Wikipedia）超越大英百科（辭條量數十倍於後者而準確性不相上下），並實現了知識的民主。我相信公益也應實現參與的民主，這種社會公民意識的改變是緩慢的，它需要幾代人甚至是十幾代人持續的努力。

所以我說要做三百年。

儘管時間的長度已經超越了我的生命，但我相信，讓不同的人群連結起來，並達成相互的理解和服務，才是彌補這個日益分裂的世界的唯一辦法。

雖然慢，但總有一天能走到。總有一天，每個人可以自由地選擇、自由地言論和行動、自由地連結起來，並且為世界的改變貢獻出自己的一點點力量。

正如我這幾年在多背一公斤說得最多的一句話一樣：「世界的改變不是少數人做了很多，而是每個人都做了一點點。」

這每個人的一點點，就是我們夢想的未來。

每一企業都是社會企業

謝家駒

我的「人生下半場」有一個簡單的使命，就是在香港及大陸孕育及支持更多的社會創業者。這是極具意義的事，也是一個挑戰，亦是無比的享受。

因為有了這個使命，我的世界中出現了兩班截然不同的人，其中一班是志趣相同、志同道合的朋友，包括香港及外地的社會創業者及有意支持社會創業的朋友。另一班是一些對我的使命毫無興趣、漠不關心的人，包括一些我的親友，以及無名的大眾。

我經常要遊走於這兩班人之間。他們雖不相同，但也不是有鐵壁相隔，至少我期望可以影響部分後者加入前者的行列。

由於要遊走於這兩個不同的圈子，以下是我經常碰到的問題：

- 你為什麼願意花這麼多精神在社會創業上？是否值得？
- 社會企業彷如大海中的一滴水，何時才能成氣候？
- 社會創業者可遇不可求，何須刻意孕育及支持？

・香港政府推動社會企業不外乎想製造就業機會，我的企業僱用幾千名員工，也可以算是對社會有貢獻，我支持社會企業與否，又有何相干？

・任何創業，成功機會都不高，何況是社會企業？

・在香港搞社會企業已經是不易，在大陸搞更是難上加難，誰人會有這樣的能耐？

我不打算在本章回應這些問題，倒想與讀者分享一下，我從何處得到動力，願意長期不厭其煩地思考及解答這些問題。

我想最大的動力來源，是兩個簡單的信念：

一、人人皆可為促變者（Everyone a changemaker）

二、每一企業皆應為社會企業（Every business should be a social business）

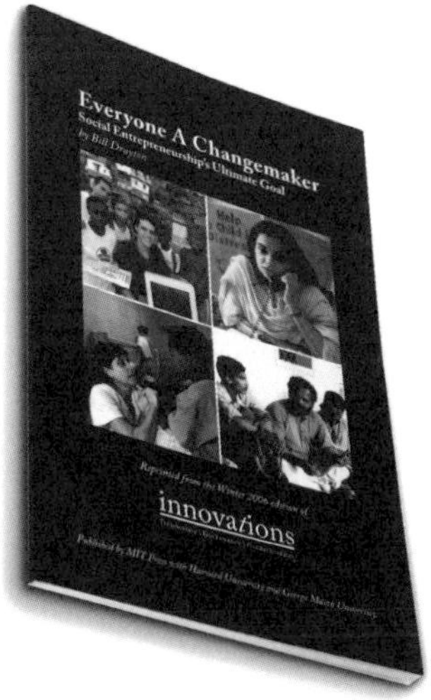

每一個人都應該成為促變者，這就是社會創業運動的終極目標。

■人人皆可為促變者

提出這個理念的人是美國人比爾・德雷頓（Bill Drayton）。他在一九八一年創辦了一個新型的組織「愛創家」（Ashoka: Innovators for the Public）。這個組織的性質相當獨特，不是一個傳統的慈善機構、不是基金會，也不是智囊團或社會企業，而是一個類似創投基金（Venture Capital）的民間組織，專注於推動及支持全球社會企業家的發展。目前全世界有兩千兩百名Ashoka Fellows，都是傑出的社會企業家。

一九九六年，當愛創家接近二十五週年的時候，德雷頓嘗試總結二十五年來接觸及支持社會企業家的經驗，最後他寫了一本小冊子，題目正好點出了他的結論：Everyone a Changemaker: Social Entrepreneurship's Ultimate Goal，意思是：每一個人都應該成為促變者，這就是社會創業運動的終極目標。

所謂「促變者」，是指社會上的個別人士，有勇氣及能力推動社會變革，令社會向更健康方面發展。社會企業家就是促變者的極佳例子。

德雷頓發覺，社會企業家不單自己是促變者，而且毫無例外地在他們的工作過程中，感染及造就很多人成為促變者。事實上，一個社會企業家的成就，與他能夠感染他人的能力有很直接的關係。

德雷頓接觸過全球各地無數的社會企業家，深深感受到他們這方面的共同點，自此「愛創家」更以

Everyone a Changemaker為其機構願景（Vision），一切工作都朝這個方向而努力。

德雷頓以下的幾句話，很發人深省：

我們最大的貢獻，並不在於能否解決社會上一些迫切的問題，無論是能源、環境或金融監管等。我們最需要做的是提高社會上促變者的比例。這是當前社會最大的機遇及挑戰。

我自己有限的經驗亦印證到這一點，我接觸到的傑出社會企業家，他們對社會最重要的貢獻，並不在他的社會企業本身，而是整個過程中感染及引發多少人像他自己一樣，有勇氣及能力去改變社會現狀。例如諾貝爾和平獎得主尤努斯，他的鄉村銀行所推廣的小額貸款，本身固然是一大創舉，但他對所在地區而至整個世界的最深遠貢獻，就是證明了促變者的威力，他感染了周邊無數的人，亦啟發了世界各地無數的人成為促變者。

我參與創辦「社會創業論壇」，也抱著這樣的一個心願，我希望能夠見到「每一論壇成員皆為促變者」，這是邁向「人人皆為促變者」的第一步。

■每一企業皆為社會企業

這是否天方夜譚？絕對不是！而是大勢所趨。不是十年、二十年可以實現，但朝這方向發展，由量變到質變，終有一日會達此境界。

最早提出這個理念的正是尤努斯。

他創辦的企業絕對不限於鄉村銀行，還包括以下各間公司提供很多不同的服務：

- 無線電話
- 針織廠
- 互聯網服務
- 再生能源
- 農村通訊服務
- 醫療衛生
- 資訊科技服務
- 教育
- 創投基金
- 農業
- 資產管理服務
- 漁牧業
- 紡織廠
- 商業推廣

以上說明鄉村銀行的龐大生命力，儼然成為了一個甚具規模的集團。

尤努斯本身是一個經濟學家，他創辦了一連串極度成功的社會企業後，對現代社會的企業作了很深刻的反省。他提出這樣的問題：

究竟社會企業和資本主義企業有什麼分別？

為什麼後者不可以變為前者？

關於尤努斯這方面的論述，可參閱Muhammad Yunus, "Social Business Entrepreneurs are the Solution", in Alex Nicholls（ed）Social Entrepreneurship: New Models of Sustainable Social Change（Oxford: OUP, 2006）

尤努斯指出，在傳統資本主義社會中，企業的意志與個人的意志是分割的。企業的意志是追求最大利潤，個人的意志要無條件地服從於企業的意志。無論企業的規模是大是小，十個僱員或是一萬個僱員，每一個人的意志都只能遵從企業的意志。

這種分割造成以下現象：

1. 企業的東主帶領整個企業追求最大的利潤，假若他有心為社會做點有意義的事，那就在企業之外去做。

2. 企業中的每一個人，工作的時間內便只能集中為企業追求最大利潤，若有心為社會做點有意義的事，亦只能在工餘時間進行。

說起來好像是天經地義的事，但尤努斯問：為什麼一定要如此？

為什麼企業的意志不可以就是去做對社會有意義的事，同時亦可以產生利潤，但不把追求最大利潤作為主導思想。如此一來，企業內的每一個人，包括東主及所有員工每天的工作、所有的創意及能力，都可以放在創造對社會有益的產品及服務上。企業的意志和個人的意志可以統一起來。

尤努斯自己創辦的每一個企業，都是這樣的企業，他認為所有的企業都應該朝向這方面發展，終有一日，所有企業都可以是社會企業。

這個境界需要多久才會實現？很長、很長時間。關鍵就是，在世界各地中已經出現了很多這些未來的企業，他們有強大的生命力，有無可限量的潛質，且已開始受到廣泛注意及重視，假以時日，必然有長足及突破性的發展。

我最近出席一個國際性的家族企業研討會，主辦機構是一個全球性的家族企業網絡，我聽到一件非常令人振奮的事，原來他們正在策劃下一年度的週年研討會，主題竟是Every Family Business a Social Business（每一家族企業都成為社會企業）。據他們說，家族企業的一個共同關心的問題，就是隔代承傳，尤其是具有規模的家族企業，他們對這個問題甚為重視。既然要放眼未來，掌握世界發展的大趨勢，家族企業必須了解社會企業的重要性及挑戰。這是一個很發人深省的發展。

放眼未來，我的夢想便是：

人人皆為促變者！

每一企業皆為社會企業！

Makes the
public welfare
also to
make money

附錄

附錄1：

社會創業該從何下手？——創立起發信貸（Kiva）的經驗之談

撰文／夫蘭納里（Jessica Jackley Flannery）

二〇〇一年春，我剛剛移居加州，並接下史丹佛大學商業研究所社會創新中心的一份臨時行政工作。這工作最棒的兩件事，就是那些和我共事的人，以及有機會參加校園裡常常舉辦的各類專題演講和論壇。我還記得自己是在某日的午休時間，於「主教會堂」舉行的演講中第一次聽到「社會創業」這個詞；我立刻就被吸引住了。我希望能當社會創業者！

可是到底該做些什麼呢？我毫無頭緒。有動力、有價值基準，也有衝勁，卻又找不出脈絡，這的確是個問題。沒有具體的創業構思，怎麼當社會創業者？那感覺就像有人想當作家，卻不知道這本書該寫什麼；或者說就像某人夢想參加奧運，卻連該參加什麼運動都沒想好。

所以呢，我的當務之急，便是選定一個領域，並找出自己特定的那一項使命。至少我不是完全從頭開始。我一直都知道自己想做點可以減少貧困的事情，而且要以全球角度來思考做法。

我開始去了解一切與國際開發和扶貧脫困有關的資訊。我開始挖掘、尋找、閱讀、反思、記錄——只是想找出這個世界上在扶貧領域，我能夠有些什麼作為。我會保留像是「夢幻工作」、「社會創業者」或者是「國際開發課程／項目」等等題目的檔案。我每週至少有三到四次，會與了解貧困議題的人相約午餐或喝咖啡。我常加班，有時候在做其他的計畫（甚至根本就是另一份工作），為的只是能盡快多看、多聽、多了解一些。

幾年後，也就是在二〇〇三年秋天，我已經不再是臨時人員，而是史丹佛商業研究所公共管理課程的課程主任。有一天晚上，下班後我又留在學校裡，準備聽一場關於銀行業的講座。原本我對銀行業不甚了解，不過演講人的客戶似乎就是那些極度貧困的創業者，這聽起來可能會很貼近我的路線，於是我就去聽了。

當晚的演講人是尤努斯博士（Dr. Muhammad Yunus）。聽了他的故事，改變了我的人生。我茅塞頓開，這簡直是當頭棒喝。這就是我的領域。我要想想看自己能在微型貸款領域貢獻些什麼。

二〇〇七年十一月，川崎（Guy Kawasaki，全球著名的企業創意教練，被工商界尊為「創業佈道家」）在他的部落格上發表了一篇文章，名為「起發信貸的六個啟示（Six Lessons of Kiva）」，提到了當時的我：

「服務未經考核者的銀行。起發信貸創辦人的理想背景會是什麼？高盛集團的投信銀行家嗎？世界銀行副總裁嗎？和平部隊的副主席嗎？洛克斐勒基金會的副總裁嗎？抑或是麥肯錫諮詢公司的合夥人？史丹佛商學院的臨時行政助理如何？因為潔西卡就是這樣開始追求她的理想。而點燃她滿腔熱忱的那一點火花，就是鄉村銀行的創始人、諾貝爾和平獎得主、尤努斯博士的一場演講。」

的確——無論就意圖或目的來說，我的確是「未經考核者」。不過這沒有關係，因為我始終默默地做準備。當尤努斯博士到校園來演講時，我的耳、我的眼與我的心房都已敞開。我知道社會領域中還有些什麼，而我也知道那就是最適合我施展的天地。我已經準備好要踏出下一步了。

後來的一切都進展得很快。我開始在特殊領域（微型貸款）採取非常明確的行動——不再只是作白日夢了。過了幾個月後，我辭掉了史丹佛的工作，加入了鄉村企業基金（Village Enterprise Fund, VEF）。那是總部位於聖馬刁市（San Mateo）的非營利機構，專門在肯亞、烏干達和坦尚尼亞推廣微型企業的發展與訓練。為了展開這份事業，我移居到東非。透過這個組織，我認識了一百多位創業者，他們的故事成了此後我構想並創建起發信貸（Kiva）的靈感源泉。

起發信貸成了我的明確目標。起初，只有幾位親友掏出三千美元借給烏干達的七位創業者，從這個部落格入口開始，起發信貸已經推動了三十三萬放款人，集資四千萬美元，借給世界各地的六萬名創業者。

我們在打造起發信貸的時候，發生了一件有趣的事情：我根本忘記了當年自己曾經痴迷，想當個社會創業者。唯有回首前塵，我才能看看過去這幾年，並告訴我自己：「太棒了……我想這真的實現了！」我的願景愈來愈明確。我每天面對的種種任務也愈來愈明確。我想要成為社會創業者的那些夢想，引領我找到了自己想要成就的具體任務，那就是起發信貸。

對於那些與我當初一樣憧憬成為社會創業者卻無從下手的人，不妨試一試以下的建議：

學習：多閱讀、多研究、多寫作等等。多聽演講。多多吸收有興趣主題的相關訊息，搞清楚問題出在哪裡。如果你是個條理分明的人，不妨參加課程，或乾脆給自己開個書單，還有作業。

傾聽：去找一個真實的特定人士，一個可能成為你的「客戶」的人（某一個你希望能了解他的問題的人，而你也很樂意去解決那些問題來為他服務的一個人）。了解這人面臨的困難和需要，真心的幫他／她設法尋找解決困難的途徑。仔細傾聽，盡可能多了解一些。然後，再找第二個人，接著，再找另一個、然後再一個。（想多了解這個觀點，請讀 Paul Polak 那本很棒的書 Out of Poverty。）

請益：當你收集了越來越多的問題，自己卻找不到答案的時候，就去請教可能知道答案的人吧。聽聽他們的觀點、洞見，還有他們的建議。去了解他們的組織如何運作、面對的是什麼樣的問題，曾經有過什麼樣的挑戰與成就。特別要注意的是：創業有多種方式，而想要造就重大的社會改變，並不一定非要建立自己的組織不可。有時候，加入某個團體或計劃，去做自己想為這個世界做的事，並從組織內部展開革新，效果可能更好。

起跳：在某個特定時刻，你該做的就是追隨與你共鳴的迴響，全力以赴，不管自己會被帶到何處。如果你不知道接下來的五步該怎麼走，那也不要緊，只要朝著自己的方向，勇敢踏出一步，就足夠了。因為有時候，唯有邁出了第一步，才能看清第二步該怎麼走。

不要停止夢想：起發信貸是全世界我想做的事情中最瘋狂的夢想。而這夢想也實現了！我備感欣慰。但還有其他的事情在進行中：起發信貸跑得愈遠、成長得愈大，我就愈相信這世界有可能發生其他更棒的變化。我希望永遠不要停止夢想，要做好準備，期待著接下來的一切。

本文作者夫蘭納里（Jessica Jackley Flannery）是起發信貸（Kiva）的合夥創始人，美國史丹佛大學商業研究所工商管理碩士。她堅信微型貸款、人際溝通和成功的榜樣，就是改變窮人命運的強大工具。她創立的起發信貸是全球第一個「點對點」（peer-to-peer）的微型貸款網站。「Kiva」在「斯瓦希里語」中有「兩人一對一親手成交」的意思。這個名稱意在詮釋該機構對每位微型貸款用戶的個體關注。

附錄2

推薦十本好書

《新愚公移山：十個社會企業創業者的故事》

謝家駒　主編，社會創業論壇出版，二〇〇七年。

介紹十個香港的社會創業者，在完全沒有政府資助的條件下，開創了嶄新的社會企業，並達至自我持續的經營。

《香港社會企業妙點子》

謝家駒　主編，商務印書館（香港）有限公司出版，二〇〇八年。

剖析另外十個社會企業的經驗，並將每一案例與國外另一傑出社企作對比，讓讀者更深入領會香港社會的成就、不足及可發展的潛力。

《平凡創傳奇》

詹姆士・魯波特及賈斯汀・羅著，鍾慧元譯，商務印書館（香港）有限公司出版，二〇〇八。

這是關於社會創業最佳的入門書，介紹二十位平凡的英國人如何創造了傳奇性的社會企業，發人深省。

《如何改變世界：社會企業家分析思想的威力》

伯恩斯坦 著，吳士宏譯，北京新星出版社出版，二〇〇六年。

這本書影響力宏大，是首本有系統地介紹全球各地社會企業家事蹟的專書。

《窮人的銀行家：二〇〇六年諾貝爾和平獎獲得者自傳》

尤努斯 著，吳士宏譯，北京三聯書店出版，二〇〇八年。

尤努斯可能是全球最具感染力的社會企業家，他開創的微額貸款模式，不只幫助數以百萬計的農村婦女脫貧及創業，更直接促進了全球各地類似的貸款計劃廣泛應用。

《綠色企業力：改變世界的八十個人》

達爾尼及勒胡合著，梁若瑜 譯，台北平安文化有限公司出版，二〇〇八年。

這本書展示二十一世紀企業發展應有的方向，八十個來自不同地域不同背景的個案，全部都是用營商的手法來改變世界。

《營商能耐可以改變社會》

紀治興、鄭敏華合著，香港思網絡出版，二〇〇八年。

兩位商界人士，推動社會發展不遺餘力，寫下一部「在金融海嘯當下還敢為社會更美好想像的社會營造手冊」。

《喜憨兒NPO核心能力》

蘇國禎著，高雄市喜憨兒社會福利基金會出版，二〇〇八年。

喜憨兒是台灣社會企業的典範，蘇國禎出身商界，與夫人蕭淑珍女士共同創辦喜憨兒社會福利基金會，一開始便以社會企業模式來經營，服務心智障礙者，以「終身教育與終身照顧」為使命。此書極具啟發，不可不讀。

《後五十歲的選擇》

大前研一著，姚巧梅譯，台北天下雜誌股份有限公司出版，二〇〇八年。

大前研一是國際知名的管理顧問，歷任麥肯錫日本分公司及總公司董事等要職。這本書對於中年人士與及初踏足社會的青年，同樣可作為對人生規劃的指引。

《當韓第遇見新慈善家》

韓第著，黃孝如譯，台北天下文化出版，二〇〇七年。

所謂「新慈善家」並非社會企業家，但他們與老一輩的慈善家有很大分別，都是「不滿足於只是開張支票捐錢」，而是親力親為，用溫暖的心與專業手段做出一番不一樣的慈善事業。

為方便內地朋友購買這些書籍，可聯繫社會創業論壇秘書處譚先生代購，查詢電郵：oscar@genesismarketing.com.hk

國家圖書館出版品預行編目資料

做公益也能賺錢／謝家駒，余志海著.——初版——
臺北市：大田，民99.10
面；公分.——（Creative；013）

ISBN 978-986-179-190-6（平裝）

855 99016890

Creative 013

做公益也能賺錢

作者：謝家駒・余志海
出版者：大田出版有限公司
台北市106羅斯福路二段95號4樓之3
E-mail:titan3@ms22.hinet.net
http://www.titan3.com.tw
編輯部專線（02）23696315
傳眞（02）23691275
【如果您對本書或本出版公司有任何意見，歡迎來電】
行政院新聞局版台業字第397號
法律顧問：甘龍強律師

總編輯：莊培園
主編：蔡鳳儀 編輯：蔡曉玲
行銷企劃：黃冠寧 網路企劃：陳詩韻
校對：陳佩伶／蘇淑惠
內頁設計／好春設計 陳佩琦
承製：知己圖書股份有限公司・(04)23581803
初版：2010年（民99）十月三十日
定價：新台幣 250 元

總經銷：知己圖書股份有限公司
（台北公司）台北市106羅斯福路二段95號4樓之3
電話：(02)23672044・23672047・傳眞：(02)23635741
郵政劃撥：15060393
（台中公司）台中市407工業30路1號
電話：(04)23595819・傳眞：(04)23595493

國際書碼：ISBN 978-986-179-190-6 /CIP:855 / 99016890

From：地址：

姓名：

廣告回郵
北區郵政管理局登記證北台字1764號
免貼郵票

To：大田出版有限公司　編輯部收

地址：台北市 106 羅斯福路二段 95 號 4 樓之 3
電話：(02) 23696315-6　傳真：(02) 23691275
E-mail：titan3@ms22.hinet.net

請沿虛線剪下，對摺裝訂寄回，謝謝！

大田精美小禮物等著你！

只要在回函卡背面留下正確的姓名、E-mail和聯絡地址，
並寄回大田出版社，
你有機會得到大田精美的小禮物！
得獎名單每雙月10日，
將公布於大田出版「編輯病」部落格，
請密切注意！

大田編輯病部落格：http://titan3.pixnet.net/blog/

智　慧　與　美　麗　的　許　諾　之　地

*請沿虛線剪下，對摺裝訂寄回，謝謝！

閱讀是享樂的原貌，閱讀是隨時隨地可以展開的精神冒險。

因爲你發現了這本書，所以你閱讀了。我們相信你，肯定有許多想法、感受！

讀者回函

你可能是各種年齡、各種職業、各種學校、各種收入的代表，

這些社會身分雖然不重要，但是，我們希望在下一本書中也能找到你。

名字／＿＿＿＿＿＿ **性別**／□女 □男 **出生／**＿＿年＿＿月＿＿日

教育程度／＿＿＿＿＿＿＿＿

職業：□ 學生 □ 教師 □ 內勤職員 □ 家庭主婦

□ SOHO族 □ 企業主管 □ 服務業 □ 製造業

□ 醫藥護理 □ 軍警 □ 資訊業 □ 銷售業務

□ 其他＿＿＿＿＿＿

E-mail/＿＿＿＿＿＿＿＿＿＿ 電話/＿＿＿＿＿＿＿＿

聯絡地址:＿＿＿＿＿＿＿＿＿＿＿＿＿＿＿＿

你如何發現這本書的？ **書名：做公益也能賺錢**

□書店閒逛時＿＿＿＿書店 □不小心在網路書站看到（哪一家網路書店？）＿＿＿＿

□朋友的男朋友（女朋友）灑狗血推薦 □大田電子報或網站

□部落格版主推薦＿＿＿＿＿＿＿＿＿＿＿＿＿＿

□其他各種可能 ，是編輯沒想到的＿＿＿＿＿＿＿＿＿＿＿＿

你或許常常愛上新的咖啡廣告、新的偶像明星、新的衣服、新的香水……

但是，你怎麼愛上一本新書的？

□我覺得還滿便宜的啦！ □我被內容感動 □我對本書作者的作品有蒐集癖

□我最喜歡有贈品的書 □老實講「貴出版社」的整體包裝還滿合我意的 □以上皆非

□可能還有其他說法，請告訴我們你的說法

＿＿＿＿＿＿＿＿＿＿＿＿＿＿＿＿＿＿＿＿＿＿＿＿＿＿

你一定有不同凡響的閱讀嗜好，請告訴我們：

□ 哲學 □ 心理學 □ 宗教 □ 自然生態 □ 流行趨勢 □ 醫療保健

□ 財經企管 □ 史地 □ 傳記 □ 文學 □ 散文 □ 原住民

□ 小說 □ 親子叢書 □ 休閒旅遊 □ 其他＿＿＿＿＿＿＿＿

一切的對談，都希望能夠彼此了解，

非常希望你願意將任何意見告訴我們：

大田出版有限公司編輯部 感謝您！